〔萬曆〕順天府志

卷之三

順天府志卷之三

順天府府尹沈應文、府丞譚希思訂正
治中楊應尾、通判吴有豸、譚好善、
陳三畏、推官凌雲鵬、知縣崔謙光同閲
授教李茂春、訓導陸楨、管大武、高好問分閲
大興縣丞張元芳彙編

食貨志

今天下若有脆孱病，腠理脉絡臟腸，無害也。而病於營衛不足，則莫京兆爲甚。天以旱蝗水澇害，民以驕侈游食耗。徭役浚其力而不足，馬户竭其膏而不償。冗費必不可議減，田賦必不可議蠲，户則存其名，口則枵其腹。太史公曰：「富無經業，則貨無常主，能者輻輳，不肖者瓦解。」千金之家尚然，而况於國乎？即劉度支及今可作，安能流錢地下也。志食貨。

户口

按《周官》：小司徒稽國中四鄙之夫家、鄉大夫，登夫家之衆。遂大夫稽其衆，[注一]司民書之於版，以詔司寇獻於王。户口則國命也。

[注一]「小司徒稽國中四鄙之夫家、鄉大夫，登夫家之衆。遂大夫稽其衆」，《周禮》載：「小司徒之職，掌建邦之教法，以稽國中，及四郊都鄙之夫家。九比之數，以辨其貴賤老幼廢疾。」「乃頒比法於六鄉之大夫，使各登其鄉之衆寡。」

燕民今不改聚矣，然而比歲以来，旱蝗爲祟，繼以水澇，嗷嗷之衆，四方流離，野無居人，版籍何益？休養生息，烏容旦夕緩也。

大興縣

原額一萬五千一百六十三户，七萬一千七百九十七丁口；實在一萬五千一百六十三户，七萬一千七丁口。

宛平縣

原額一萬四千四百四十一户，六萬一千二百一十五丁口；實在一萬四千四百四十一户，六萬二千六十七丁口。

良鄉縣

原額二千九百户，一萬三千七百七丁口；實在二千九百一户，一萬四千八百六丁口。

固安縣

原額四千三百三十五户，四萬四千一百三十五丁口；實在四千三百三十五户，三萬五千一百三十五丁口。

東安縣

原額一千八百三十八户，一萬二千五十四丁

口；實在三千六百八十一户，一萬三千二百四十八丁口。

永清縣

原額一千三百一十户，一萬二千九百九十四丁口；實在一千三百一十户，一萬三千二百四十八丁口。

香河縣

原額一千三百六十一户，八千九百三十一丁口；實在一千三百六十一户，九千一百九十四丁口。

通州

原額三千八百九十六户，一萬八千五百七丁口；實在三千六百八十七户，一萬二千九百五十四丁口。

三河縣

原額二千八百三十二户，一萬八千七百二丁口；實在一千四百一十二户，一萬四千一百五十二丁口。

武清縣

原額三千三百三十户，二萬七千六百九十七

丁口；實在一千六百七十三户，二萬一百八十三丁口。

漷縣

原額一千一百户，四千一百四十八丁口；實在一千一百户，四千二百八十丁口。

寶坻縣

原額三千六百七十八户，三萬二千三百四十五丁口；實在三千七百二十户，三萬六千六百八十四丁口。

薊州

原額二千三百九十八户，一萬七千八百七十五丁口；實在二千二百五十四户，一萬六千七百九十丁口。

遵化縣

原額一千六百二十四户，一萬八千七十四丁口；實在二千五十四户，二萬七千七百八十二丁口。

平谷縣

原額一千二百三户，八千九十六丁口；實在一千八十七户，五千三百四十四丁口。

玉田縣
原額一千一百一十一户，一萬一千七百四十丁口；實在一千六百九十户，一萬二千四百七十六丁口。

豐潤縣
原額二千六百九十八户，三萬五百六十一丁口；實在二千七百三十四户，二萬九千六百七十三丁口。

昌平州
原額三千六百八十户，一萬六千九百四十六丁口；實在二千九百九十户，一萬五千四百七十三丁口。

密雲縣
原額一千六百四十七户，一萬六千四百四十七丁口；實在一千六百四十七户，一萬七千五十一丁口。

順義縣
原額一千二百四十七户，一萬二千四百七十七丁口；實在一千二百四十七户，一萬二千九百六十六丁口。

懷柔縣

原額一千二十户，六千六百四十二丁口；實在一千二十户，七千三百一十六丁口。

涿　州

原額五千四百六十四户，三萬八千八百六十九丁口；實在五千四百六十四户，三萬九千四百三十丁口。

房山縣

原額一千八百二十九户，一萬二百九十七丁口；實在一千三百四十八户，一萬六百四十七丁口。

霸　州

原額三千七百二十户，六萬五千一百二十二丁口；實在三千七十二户，六萬五千三百五十六丁口。

文安縣

原額三千六百三十户，二萬四百八十九丁口；實在三千六百三十户，二萬五千六百九十五丁口。

大城縣

原額三千一百九十九户，三萬一千一百八十丁口；實在三千一百九十九户，三萬一千九百七十三丁口。

保定縣

原額六百五十五户，三千五百丁口；實在七百二十户，七千一百一十四丁口。

田賦

夫田賦，所以足國也。民不聊生，賦將焉辦？夫燕爲王畿重地，視他郡不加廣矣，常賦之外，軍輸雜辦，幾浮其半。所謂房號即間架也，所謂鈔税即征商也，而尚司農告匱，入不給出。桑弘羊所謂不加賦而國用足。言雖近欺，然今日之燕，議加議減，必有定衡矣。

大興縣

官民田地，起運夏税，銀三百三十一兩四錢八分五厘八絲二微五纖。存留夏税，一百二十四兩三錢三分七厘一毫五絲七忽。起運秋糧，四百九十八兩八分五厘八毫四絲四忽。存留秋糧，二百六十七兩九錢九毫九絲三忽五微四沙六塵。起運馬草，二百四十六兩七錢一分五厘。存留馬草，一千一百五十六兩二錢一分七忽四微一纖九沙。存留户口鹽鈔，一百六十八兩四錢一分六厘。進宫子粒，一千一百五十三兩一錢九分五厘三毫六絲七忽三微三纖五塵。馬房子粒，七十六兩六錢九分八厘。備邊銀，八百三十四兩八分二毫三微。給爵。四百八十六兩九錢七厘。

宛平縣

官民田地，起運夏稅，二百七十六兩二分四厘二毫七忽五微一纖八沙七塵八埃一渺二漠五模。存留夏稅，九十一兩八錢六分一厘六毫二絲七忽九微三纖八沙九塵。起運秋糧，四百二十二兩四錢九分七厘一毫四絲一忽二微六纖七沙二塵。存留秋糧，三百四十二兩二錢五分二厘九毫五絲一忽九微一纖四沙二塵。起運馬草，三百八十七兩八錢八分八厘五毫二絲七忽九微四纖九沙七塵八埃。存留馬草，二千三十三兩五錢三分四厘三毫四絲一忽八微九纖七沙八塵。起存戶口鹽鈔，二百九兩九錢二分八厘。進宮子粒，一千二百一十五兩六錢一分五厘五毫九絲六忽二微二纖。馬房子粒，一百一十二兩九錢九分五厘五毫。備邊，二百一十七兩五錢八分一厘二毫。給爵，七百九十六兩一分四厘。

站糧銀。一千二百八十一兩四錢四分五厘三毫二絲四忽七微八塵，地畝出辦。

良鄉縣

官民田地，起運夏稅，三百一十七兩七錢六分三厘二毫一絲七忽一微八纖七沙五塵。存

留夏稅，一百五十三兩八分八厘五毫四絲四忽。起運秋糧，五百四十四兩七錢九厘七毫二忽九微六纖。存留秋糧，三百七十六兩六錢六厘六毫五絲七忽二微三纖四沙三塵。起運馬草，六百四十兩四錢一分五厘。存留馬草，八百六十三兩三錢二分五厘。起存戶口鹽鈔，一百一兩四錢。進宮子粒，三百九十四兩九錢六厘三毫六絲。備邊，六十四兩三錢九分五厘。給爵，五百七十八兩三錢九分七厘。站糧銀，四千六十二兩三錢五分二厘，地畝出辦。經費銀。二千七百五十兩六錢二厘，地畝出辦。

固安縣

官民田地，起運夏稅，五百二十二兩三錢四分一厘五毫五絲九忽三微七纖五沙。存留夏稅，一百八十兩五錢三厘四毫。起運秋糧，八百二十兩七錢三分七厘五毫。存留秋糧，四百一十八兩三錢八分七厘二毫九絲一忽三微二纖一沙二塵。起運馬草，一千九百六十二兩三錢三分八厘。存留馬草，二千五百四十二兩五分。起存戶口鹽鈔，□百七十三兩一錢一分二厘。備邊，一百五十三兩三錢一

分三厘四毫。給爵，二百二十九兩五錢三分六厘。站糧銀，四千二百五十七兩三錢二厘五毫，地畝出辦。經費銀，二千一百二十六兩二錢一分，人丁地畝出辦。柴薪銀地。六十兩解本府，地畝出辦。

東安縣

官民田地，起運夏税，五百八十三兩九錢二厘二毫二絲一忽八微七纖五沙。存留夏税，一百七十四兩九錢四分三厘八毫。起運秋糧，八百四十四兩五錢三分八厘六毫。存留秋糧，四百三十五兩四錢二分九厘四毫九絲二忽。起運馬草，二千九百五十二兩一錢九分。起存户口盐鈔，三百一十七兩四分。進宫子粒，三百二十七兩七錢四分一厘六毫。馬房子粒，四百三十五兩六錢一分三毫。備邊，四百兩九錢一分三厘九毫。給爵，七百七十六兩二錢三分一厘。站糧銀，五千六百二十四兩二錢二分一厘七毫一絲六忽七微九纖三塵，地畝出辦。經費銀，一千一百六十三兩二錢七分七厘一毫，人丁地畝出辦。柴薪銀。二十四兩解本府，地畝出辦。

永清縣

官民田地，起運夏税，三百二十七兩三錢一厘二毫一絲八忽七微五纖。存留夏税，一百三十八兩五錢五分七厘四毫。起運秋糧，五百六十七兩一錢七分二厘。存留秋糧，三百一十八兩五錢五分一厘四毫二絲五忽八微六纖。起運馬草，二千一百五十兩六錢六分二厘。起存户口鹽鈔，一百七十一兩一錢四分四厘。進宫子粒，一千六百三十六兩二錢五分七厘三絲五忽。備邊，三千一百四十九兩八錢四分九厘六毫。給爵，四千二百二兩五錢六分六厘七毫。站糧銀，三千九百三十二兩六錢三分九厘，地畝出辦。經費銀，一千二百四十一兩八錢四分，地畝出辦。柴薪銀。一十二兩解本府，地畝出辦。

香河縣

官民田地，起運夏税，二百五十五兩六錢五分一厘八毫一絲二忽五微。存留夏税，一百一十二兩三錢三分五厘七毫八絲。起運秋糧，五百一十九兩八錢三分四毫。存留秋糧，三百一兩九錢三分一釐三毫六忽八微。起運馬草，五百八十七兩九錢三分。存留馬草，五十七兩五錢七分五釐。起存户口鹽鈔，共十六兩七錢二分。進宮子粒，一百七十三兩三錢六分一釐。馬房子粒，二千一百八十八兩六錢四分三釐。備邊，八十二兩六錢一分七釐八毫。給爵，一千五百五十四兩四錢八分九釐。站糧銀，一千五十五兩七錢八分四毫四絲四微四纖，地畝出辦。經費銀，一千二百五十一兩一錢四分六釐，人丁地畝出辦。柴薪銀。二十四兩，解本府，地畝出辦。

通州

官民田地，起運夏稅，六百一十四兩九錢二分三釐三毫五絲五忽四微六纖八沙七塵五埃。存留夏稅，二百四十四兩二錢七分九釐二毫二絲八忽九微八纖。起運秋糧，九百四十六兩四錢九分五釐五毫。存留秋糧，五百六十五兩四釐五毫二絲七忽二微六纖。起運馬草，九百三十二兩四錢一分五釐。存留馬草，一千四百二十九兩五錢七分五釐。起存户口鹽鈔，一百三十八兩七錢六分八釐。進宮子粒，一千六百三十九兩六錢二分一釐五毫四絲五忽。馬房子粒，一百五兩八錢六分四釐九毫。備邊，一百六十一兩二錢三分三釐六毫。給爵，五百二十四兩九錢八分四釐。站糧銀。四千五百五十四兩九錢九分，地畝出辦。

三河縣

官民田地，起運夏稅，四百三十四兩一錢二分二釐八毫九絲二忽一微八纖七沙五塵。存留夏稅，一百六十八兩一錢一分七釐九毫六絲。起運秋糧，六百六十一兩八錢一分八釐八毫二絲。存留秋糧，三百九十兩二錢七分八毫五絲九忽二微六纖三沙。起運馬草，一千三兩九錢一分。存留馬草，一千五百三十七兩一錢二分五釐。起存户口鹽鈔，一百三十三兩四錢一分六釐。進宮子粒，九百六十九兩三錢一分八釐九毫。馬房子粒，二千四百九十七兩九錢七分五釐。備邊，三百九十二兩三錢九分。給爵，五千二百八十一兩一錢二分五釐。站糧銀，七千一百二十八兩四錢六分二釐四毫，地畝出辦。經費銀，四千二百五十兩九錢六釐九毫一絲六忽二微七纖七沙七塵地畝出辦。柴薪銀。二十四兩。解本府，地畝出辦。

武清縣

官民田地，起運夏稅，五百六十二兩二錢七分六毫一絲八忽七微五纖。存留夏稅，二百三十二兩一錢八分一厘七毫七絲二忽。起運秋糧，八百七十八兩三錢一分一厘。存留秋糧，五百三十二兩一錢八厘二毫九絲三微二沙。起運馬草，二千四百八十五兩八錢一分五厘。起運户口鹽鈔，二百兩六錢四分。進宮子粒，四千六百四十三兩三錢二分九厘四毫九絲五忽二纖。馬房子粒，四千六百三十九兩二錢五分四厘。備邊，八百四十兩三厘六毫。給爵，六千七百兩三錢一分八厘。站糧銀，五千八十七兩四錢四分二厘六毫一絲八忽三微七纖，地畝出辦。經費銀，一千三百四十兩八錢八分，人丁地畝出辦。柴薪銀。一十二兩。解本府，地畝出辦。

漷縣

官民田地，起運夏稅，三百八十五兩九錢三分四厘四毫四絲三忽七微五纖。存留夏稅，一百七十五兩七錢七分六毫三絲二忽一微八纖六塵。起運秋糧，八百三十三兩一錢九分二厘二毫六絲五忽。存留秋糧，四百八十八兩六錢六分四毫七絲六忽六微二纖。起運馬草，一千一百七十十兩九錢八分七厘。存留馬草，六十三兩九錢七分五厘。起存户口盐鈔，三十六兩九錢八分四厘。給爵，六百四十六兩三錢二分三厘。站糧銀，二千二百二十兩一錢九分八厘八毫四絲，地畝出辦。經費銀，七百二十兩四分九厘四毫，地畝出辦。寄養馬匹草料銀。一千一百八十八兩八錢四分七厘三毫四絲。

寶坻縣

官民田地，起運夏稅，五百一十兩九錢三分八毫一絲九忽三微七纖五沙。存留夏稅，一百六十九兩五錢四分八厘。起運秋糧，六百九十七兩九錢四分三厘。存留秋糧，四百四兩二錢六分三厘六毫三絲四忽七微。起運馬草，七百六十三兩八錢六分五厘。存留馬草，一千一百九十兩四錢。起存户口鹽鈔，二百五兩五錢一分二厘。進宮子粒，三千八百一十兩。馬房子粒，八千五百八十四兩三錢一分六厘五毫。備邊，一千三十二兩二錢七分二厘二毫。給爵，三千五百二十七兩一錢二分四厘九毫。站糧銀，四千四百五十七兩四錢七分一毫，地畝出辦。經費銀，二千三百一十三兩三錢一分二厘五毫，人丁、地畝出辦。柴薪銀。四十八兩，解本府，地畝出辦。

梁城所

進宮子粒。一千一百一十八兩七錢九分一厘四毫。

薊州

官民田地，起運夏税，四百一十三兩六錢二分八厘七毫六絲八忽七微五纖。存留夏税，一百九十兩三錢八分八厘四毫三絲二忽六微四纖六塵。起運存糧，七百四兩五錢五分五厘五毫。存留秋糧，四百三十六兩三錢一分二厘四毫四絲七忽三微二纖三沙六塵。起運馬草，五百一十八兩九錢九分。存留馬草，七百九十六兩四錢五分。起存户口鹽鈔，五十八兩二錢一分二厘。馬房子粒，

六千一百七十九兩三分。備邊，一千一百六兩二錢五分一厘八毫。給爵，三千五百二十七兩一錢二分四厘九毫。站糧銀，一千四百六十五兩九錢八分五厘四毫八絲，地畝出辦。經費銀，二千六百八十五兩五錢，人丁、地畝出辦。柴薪銀。三十六兩，解本府，地畝出辦。

遵化縣

官民田地，起運夏税，六百三十五兩七分四厘一毫一絲八忽七微五纖。存留夏税，二百五十五兩三錢八分三厘五毫二絲。起運秋糧，九百六十三兩二分一厘。存留秋糧，五百二十七兩八錢七分一厘二毫二絲四忽八微二纖。起運馬草，五百四兩四分五厘。存留馬草，七百八十兩四錢五分。起存户口鹽鈔，一百一十四兩二錢八分八厘。站糧銀，二千八百七十三兩八錢四分四厘三毫，地畝出辦。經費銀，二千九百三十七兩七錢一分三厘九絲，人丁、地畝出辦。柴薪銀。三十六兩，解本府，地畝出辦。

平谷縣

官民田地，起運夏稅，一百六十六兩八錢九分七厘四毫三絲七忽五微。存留夏稅，七十一兩九錢八分四厘八毫八絲六忽六微。起運秋糧，二百六十二兩二錢八分七厘五毫。存留秋糧，一百六十四兩四錢四分二絲六忽六微。起運馬草，二百六十六兩八錢四分五厘。存留馬草，三百七十九兩五錢。起存户口鹽鈔，八十兩四錢四分八厘。給爵，二百一十九兩一錢九分三厘。站糧銀，六百九十一兩九錢八分一厘三毫六絲九忽二微，地畝出辦。經費銀，二千七十二兩六錢六分三厘五毫六絲二忽六微。地畝出辦。柴薪銀。一十二兩，解本府，地畝出辦。

玉田縣

官民田地，起運夏稅，三百三十兩四錢四分六厘九毫四絲八忽四微三纖七沙五塵。存留夏稅，一百三十九兩六錢四分二厘六絲二忽九微。起運秋糧，五百三十三兩二錢五分四厘五毫。存留秋糧，三百三十兩三錢一分四厘九毫五絲八忽三微。起運馬草，二百五十七兩八分。存留馬草，四百五兩八錢五分。起存户口鹽鈔，一百二十二兩二錢八厘。進宮子粒，一千八百九十九兩二錢三分六厘四毫。馬房子粒，五千七百一十七兩八錢四分六厘。備邊，五百四十三兩二錢二分七厘七毫。給爵，六百六十二兩八錢六分二厘七毫。站糧銀，一千三百一十兩六錢七分五厘二毫，地畝出辦。經費銀，一千八百九十七兩一錢。人丁、地畝出辦。柴薪銀。二十四兩。解本府，地畝出辦。

豐潤縣

官民田地，起運夏稅，四百六十兩五錢八分一厘五毫八絲四忽三微七纖五沙。存留夏稅，二百一十一兩三錢八分七厘三毫九絲五忽三微。起運秋糧，七百八十五兩二錢三分五厘。存留秋糧，四百八十七兩二錢九厘九毫五忽四纖三沙。起運馬草，七百八十兩一錢二分。存留馬草，一千一百九十六兩二錢五分。起存户口鹽鈔，五十八兩六錢八分。進宮子粒，二千一十七兩四錢二分六厘八毫。備邊，四千八百四十九兩三錢一分四厘。給爵，一千五百兩。站糧銀，一千八百七十兩七錢四分四厘二毫，地畝出辦。經費銀，一千八百八十八兩八錢二分，人丁、地畝出辦。柴薪銀。三十六兩，解本府，地畝出辦。

昌平州

官民田地，起存夏稅、秋糧已經奏免，止派京庫人丁絲折絹銀，九兩九錢三分一釐二毫五絲。農桑絲折絹銀，二十五兩一錢一分九釐六毫三絲四忽三微一纖六沙三塵五埃。地畝綿花絨銀，三十四兩七錢一分八釐九毫五絲九纖五沙九塵。起運馬草，一千四百四十三兩二錢五分九釐六毫一絲九忽一微四纖五沙六塵四埃。存留馬草，一千八百六十六兩一錢九分六釐八毫六絲六忽五微六纖三沙九塵二埃。起存户口鹽鈔，一百五十六兩三錢五分。進宮子粒，二百八十兩三錢四分一釐二毫。馬房子粒，八百八十一兩二錢八毫。給爵，一千四百九十兩九錢八分一釐二毫。站糧銀，三千三百九十九兩七錢七分二釐一毫，地畝出辦。經費銀。一百一十兩八錢八釐二毫六絲二忽五微一纖七塵，地畝出辦。

密雲縣

官民田地，起運夏稅，四百一兩八錢六分五釐六毫二絲五忽。存留夏稅，二百一兩六錢二分九釐四毫三絲四微八纖三沙。起運秋糧，八百八十三兩五錢八分。存留秋糧，五百五十九兩二錢五分一釐四絲八忽。起運馬草，一千二百五兩九錢二分五釐。存留馬草，一千七百七十七兩二錢七分五釐。起存户口鹽鈔，一百二兩九錢六分。站糧銀，二千六十七兩一錢三分九釐二毫六絲。地畝出辦。經費銀，一千五百五十四兩八錢二分六釐，人丁、地畝出辦。柴薪銀。二十四兩，解本府，地畝出辦。

順義縣

官民田地，起運夏稅，二百九十四兩二錢二分二釐九毫三絲七忽五微。存留夏稅，一百三十八兩九錢四分八釐九毫四絲八忽。起運秋糧，五百二十七兩五錢一分一釐五毫。存留秋糧，三百一十九兩六錢九分二釐八絲。起運馬草，二千四百五十八兩九錢六分。存留馬草，七十八兩四錢。起存户口鹽鈔，一百三十七兩五錢九分二釐。進宮子粒，四百三兩一錢七分。馬房子粒，一千四百一十六兩九錢九分。備邊，八十八兩五錢一厘五毫。給爵，一千一百二十五兩八錢二分五厘一毫。站糧銀，二千五百五十八兩九錢二分五厘五毫，地畝出辦。經費銀，二百六十六兩七錢，人丁出辦。扛夫銀，六百七十四兩九錢一分，地畝出辦。柴薪銀。一十二兩，解本府，地畝出辦。

懷柔縣

官民田地，起運夏税，二百九十兩二錢九分四厘一毫七絲。存留夏税，一百三十二兩九錢四厘一毫七絲。起運秋糧，五百七十二兩九錢九分五厘五毫。存留秋糧，三百二十六兩三錢二分三厘三毫八絲。起運馬草，一千三百三十八兩八錢三分五厘。存留馬草，六十五兩六錢。起存户口鹽鈔，六十八兩一錢六分。進宫子粒，二十二兩七分九厘。給爵，九十五兩一錢五分四厘。站糧銀，一千五百八十六兩二錢八厘六毫一絲五忽，地畝出辦。經費銀，六百五十七兩三錢一分三厘一毫，人丁、地畝出辦。

涿州

官民田地，起運夏税，六百七十七兩八錢五分二厘三毫九絲六微二纖五沙。存留夏税，二百三十七兩六分五厘三毫一絲六忽四微二沙六塵。起運秋糧，一千八十九兩二錢七分三厘一毫。存留秋糧，五百六十兩一錢七分八絲二忽九微一纖三沙。起運馬草，二千九百四十九兩三錢一分。起運户口鹽鈔，一百七十二兩七錢四厘。進宫子粒，四百三十二兩二錢四分九厘。站糧銀，八千六百三十二兩四錢四分四厘。經費銀，二千二百六十一兩三錢二分。柴薪銀。六十兩，解本府，地畝出辦。

房山縣

官民田地，起運夏税，三百十兩三錢九分六厘八毫四絲六忽八微七纖五沙。存留夏税，一百五兩七錢六分四厘八毫五絲九忽五微四纖。起運秋糧，四百八十二兩四錢六分三厘五毫。存留秋糧，二百四十三兩四錢二分六毫八絲四忽六微八纖。起運馬草，一千六百三十兩七錢六分。存留馬草，六十四兩二錢。起存户口鹽鈔，五十七兩六錢四分八厘。進宫子粒，二百四十二兩六錢六分五厘四毫五絲二忽六微。站糧銀，二千九百四十一兩八錢一分五厘一毫四絲五忽二微，地畝出辦。經費銀，一千一百四十六兩八錢二分三厘四毫九絲九忽六微，人丁、地畝出辦。柴薪銀。一十二兩，解本府，地畝出辦。

霸州

官民田地，起運夏税，四百三十九兩七錢四分七厘九毫六絲八忽七微五纖。存留夏税，一百八十九兩四錢六分六厘七毫七絲七忽五微九纖。起運秋糧，七百八十六兩一錢七厘五毫。存留秋糧，四百三十九兩三錢六厘二毫二絲二忽六微八纖三沙。起運馬草，一千九百九十八兩九錢五分。起存户口鹽鈔，二百四十六兩五錢七分六厘。進宮子粒，八百四十一兩四錢一分六厘三毫。馬房子粒，一千五百兩四錢二分七厘。給爵，六百七十七兩四錢八分三厘八毫。葦課，一千一十四兩五錢二分三厘一毫六絲。站糧銀，三千七百七十八兩八錢七分八厘八毫七絲，地畝出辦。經費銀，二千一百二十六兩三錢，人丁、地畝出辦。柴薪銀。六十兩，解本府，地畝出辦。

文安縣

官民田地，起運夏税，一千二百一十七兩三分二厘一毫。存留夏税，五百二十兩九錢六分七厘九毫九絲三忽一微。起運秋糧，一千九百七十兩七錢六分六毫。存留秋糧，一千一百九十六兩四錢三分三厘五毫七絲四微二纖。起運馬草，三千四百三十四兩六錢六分。起存户口鹽鈔，二百六十八兩七錢四厘。進宮子粒，一百三十三兩八錢四分二厘三毫五絲二忽九微四纖。給爵，五百九十一兩二錢八分七厘六毫。葦課，三百八十三兩五厘四毫八絲五忽。站糧銀，三千八百九兩三錢七分三毫八絲五忽，地畝出辦。經費銀，一千七百三十八兩七分六厘，人丁出辦。柴薪銀。一十二兩，解本府，地畝出辦。

大城縣

官民田地，起運夏税，七百五十兩四錢七分八厘五毫二絲一忽八微八纖五沙五塵。存留夏税，三百六兩七錢三分九厘五毫一絲八忽二微四纖三沙。起運秋糧，一千一百六十二兩一錢八厘四毫九絲六忽三微。存留秋糧，六百九十九兩一分九毫八絲二忽四纖三沙。起運馬草，一千八十二兩三分五厘。存留户口鹽鈔，二百六兩九錢四厘。給爵，一兩三錢二分六厘。葦課，三百五十八兩二錢九分四厘四毫四絲。站糧銀，一千七百二十二兩五錢九分五厘五毫五絲二忽，地畝出辦。經費銀，一千五百七十二兩八錢一分，人丁、地畝出辦。柴薪銀。三十六兩，解本府，地畝出辦。

保定縣

官民田地，起運夏稅，八十七兩九錢二分八厘九毫三絲七忽五微。存留夏稅，二十九兩二錢五分七厘六毫六絲五忽。起運秋糧，一百一十兩一錢七分七厘五毫。存留秋糧，六十八兩四錢三分四厘二毫三絲一忽一纖五沙八塵。起運馬草，三百七十七兩四錢六分五厘。起存户口鹽鈔，五十兩三錢四厘。進宫子粒，八十六兩七錢。站糧銀，五百九十六兩二錢二分二厘四毫一絲四忽七微。地畝出辦。經費銀。四百一十兩三錢五分，人丁、地畝出辦。

徭役

力役之征，固聖王所不廢。然勞於公者復其家，害於疾者免其力，良法美意交善也。今則索之稅以奉官，取之官以給役，民不害而官不擾，經制亦云得矣。然輿臺里胥，猾生於積久，鄉夫民夫，害及於貧困，不病官則病民。此蘇長公制置糧役之論，不可不講也。

銀、力二差，萬曆二十一年月内，本府府尹謝杰題，共編頭役二千四百五項，通共銀一十四萬五千一百六十三兩五分二厘六毫五絲二忽一微

二纖。〔注一〕

大興縣

編頭一百七項，該銀二千九百三十二兩二錢。

内本府正堂門子一名，左堂門子一名，俱每名編銀一十二兩。

西城坊庫秤三名，每名原編銀一十兩八錢，今量增，每名編銀一十五兩。

貢院門子二名，每名原編銀二兩，今量減，每名實編銀一兩五錢。

太倉庫子每年二名，每名原編銀一十二兩，今量減，每名實編銀七兩二錢。

旛杆寺原編擡旛夫一名，今題革。

舊州守備衙門民壯五名，原編頭役，今改編，每名編銀二十兩，聽彼募役，按季赴領。

宛平縣

編頭一百五十四項，該銀三千九百四十兩三錢九分三厘。

内本府正堂門子一名，更夫一名，左堂門子一名，俱每名編銀一十二兩。

〔注一〕據原文實核得編頭二千一百五十八項，共銀十三萬三百五十六兩七錢七分二厘六毫八絲六忽，與原數不符。

新增本府刑北匠科書辦工食銀九兩。

新增三家店橋橋夫一十六名，每名編銀一兩一錢。

本縣正官門子二名，每名原編銀三兩六錢，今量增，每名編銀四兩六錢。

西城坊庫秤五名，每名原編銀一十兩八錢，今量增，每名編銀一十五兩。

天壇壇户一十三名，每名原編銀三兩，今量增，每名編銀五兩。

盧溝橋、齊家莊、王平口、石港口各巡檢司弓兵各二十名，每名原編銀四兩，今量增，每名編銀五兩。

翰林院門子二名，每名原編銀六兩，今量增，每名編銀十兩。

國子監廟户三名，每名原編銀四兩，今量增，每名編銀八兩。

平津上水閘夫六名，每名原編銀七兩二錢，今量增，每名編銀一十二兩；下水閘夫一名，原編銀七兩，今量增，編銀一十二兩。

貢院門子二名，每名原編銀二兩，今量減，每名實編銀一兩五錢。
本縣各官下皂隸，共五十名，每名原編銀四兩二錢，今量減，每名編銀三兩二錢。
本縣佐貳等官門子共四名，每名原編銀四兩六錢，今量減，每名實編銀三兩六錢。
甲字庫庫夫三十三名，丁字庫庫夫三十名，每名原編銀四兩，今量減，每名實編銀二兩。
西湖景原編桶子夫四名，每名工食銀一兩二錢，於十七年題革，今議復二名，編銀仍舊。
地壇壇户九名，夕月壇壇户一名，原編頭役，今改編，每名編銀三兩六錢。

御前擡運夫一名，原編頭役，今改編銀一十八兩。
兵仗局庫庫子一名，原編頭役，今改編銀四兩。
舊州守備衙門快手五名，原編頭役，今改編，每名編銀二十兩，聽彼募役，上下半年赴領。
良鄉縣
編頭五十八項，該銀二千六百三十五兩四錢二分七厘一毫。

内新增墳户五十一名，每名編銀一兩。

新增步快一十名，民壯一十二名，俱每名編銀七兩二錢。

浣衣局土工一十八名，每名原編銀一兩二錢，今量增，每名編銀二兩四錢。

本縣馬快二十名，每名編銀二十兩，今量減八名，實存一十二名。

本縣豐濟倉斗級六名，每名編銀三兩六錢，今量減二名，實存四名。

本縣鋪司兵四十七名，每名編銀六兩，今量減一十五名，實存三十二名。

本縣儒學原編斗級二名，今題革。

固安縣

編頭一百十項，該銀八千二百五十二兩三錢九分二厘八毫九絲四忽。

本府正堂皂隸二名，快手一名，陰陽生一名，醫生一名，弓兵一名，左堂快手二名，陰陽生一名，俱每名編銀一十二兩。

治衙皂隸二名，快手一名，經歷司門子一名，皂隸一名，俱每名編銀九兩六錢。

本府庫庫子一名，司獄司禁子一名，俱每名編銀一十二兩。

府學齋夫三名，每名編銀一十二兩。膳夫二名，國子監膳夫二名，俱每名編銀十兩，遇閏各加增。

新增靈丘公主墳户二名，每名編銀三兩六錢。

新增關院供費銀一十六兩五錢。

新增協濟昌平州税糧銀二兩七錢。

天財庫庫夫一十八名，每名原編銀七兩五錢，今量增，每名編銀八兩五錢。

本縣更夫五名，每名編銀三兩六錢，今量減三名，實存二名。

永清縣

編頭七十八項，該銀四千八百三兩八錢三分五厘六毫一絲。

本府正堂皂隸二名，陰陽生一名，左堂陰陽生一名，俱每名編銀一十二兩。

治衙門子一名，皂隸二名，快手一名，刑衙快手一名，俱每名編銀九兩六錢。

司獄司禁子一名，編銀一十二兩。

府學齋夫一名，編銀一十二兩，遇閏加銀一兩。

北新廠、西城坊庫秤各一名，每名原編銀一十兩八錢，今量增，每名編銀一十五兩。

贓罰庫庫夫一十二名，每名原編銀一十二兩，今量增，每名編銀一十八兩。

天財庫庫夫七名，每名原編銀七兩二錢，今量增，每名編銀八兩五錢。

治衙本身快手三名，每名編銀三兩六錢，今量減一名，實存二名。

刑衙本身快手二名，每名編銀三兩六錢，今量減一名，實存一名。

本縣弓兵一十五名，每名編銀四兩，今量減三名，實存一十二名。

本縣并公署門子共六名，每名編銀三兩六錢，今量減一名，實存五名。

本縣民壯四十一名，每名編銀七兩二錢，今量減六名，實存三十五名。

本縣皂隸三十七名，每名編銀四兩，今量減

八名，實存二十九名。

本縣儒學門子六名，每名編銀七兩二錢，今量減二名，實存四名。

本縣吹鼓手八名，每名編銀三兩六錢，今量減二名，實存四名。

東安縣

編頭八十七項，該銀六千七十六兩六錢八分三毫一絲一忽。

內本府正堂皂隸一名，陰陽生一名，左堂陰陽生一名，俱每名編銀一十二兩。

軍匠衙門子一名，皂隸一名，陰陽生一名，俱每名編銀九兩六錢。

府學齋夫四名，每名編銀一十二兩；膳夫一名，國子監膳夫四名，俱每名編銀一十兩，遇閏俱加增。

明智坊庫子四名，每名原編銀一十兩八錢，今量增，每名編銀一十五兩。

天財庫庫夫一十八名，每名原編銀七兩五錢，今量增，每名編銀八兩五錢。

本縣直更夫五名，每名編銀三兩六錢，今量

減二名，實存三名。

香河縣

編頭一百二項，該銀五千七百一兩二錢六分七厘一毫五絲。

內本府正堂弓兵一名，鋪兵一名，左堂皂隸二名，俱每名編銀一十二兩。

糧衙門子一名，軍匠衙皂隸一名，刑衙門子一名，皂隸一名，經歷司皂隸一名，快手一名，知事衙皂隸一名，檢校衙皂隸二名，俱每名編銀九兩六錢。

新增管河廳民壯二名，每名編銀七兩二錢。明智坊庫夫三名，安仁坊庫夫二名，俱每名原編銀一十兩八錢，今量增，每名編銀一十五兩。

浣衣局土工一名，原編銀一兩二錢，今量增，編銀二兩四錢。

天財庫庫夫二名，每名原編銀七兩五錢，今量增，每名編銀八兩五錢。

天師庵庫夫一名，原編銀五兩，今量增，編銀一十二兩。

撫院快手六名，每名編銀二十四兩，今量減一名，實存五名。

鈔關庫子一名，原編銀七兩二錢，今量減銀三兩六錢。

本縣儒學原編斗級一名，今題革。

通州

編頭八十七項，該銀六千二百一十六兩八錢三厘五毫。

內本府正堂醫生一名，編銀一十二兩。

治衙快手一名，編銀九兩六錢。

府學齋夫一名，編銀一十二兩。

國子監膳夫一名，編銀一十兩。俱遇閏加增。

新增應付夷車墊馬夷布，共銀七百兩。

北新廠、明智坊、安仁坊庫秤共九名，每名原編銀一十兩八錢，今量增，每名編銀一十五兩。

浣衣局土工九名，每名原編銀一兩二錢，今量增，每名編銀二兩四錢。

東察院門子七名，每名原編銀七兩二錢，今量減，編銀六兩。

馬神廟門子一名，原編銀六兩，今量減，編銀三兩六錢。

本州預備倉斗級二名，每名原編銀七兩二錢，今量減，每名編銀三兩六錢。

本州馬快一十名，内改步快二名，實存八名，馬快每名二十兩，步快每名一十兩。

本州陰陽生一十六名，每名原編銀七兩二錢，今量減，每名編銀五兩四錢。

本州鋪司兵二十三名，每名原編銀九兩六錢，今量減，每名編銀六兩。

潞河驛庫子四名，和合驛庫子二名，俱每名原編銀九兩，今量減，每名編銀八兩。

本州儒學原編斗級一名，今題革。

三河縣

編頭一百九項，該銀五千八百六十八兩一錢六分九厘。

本府正堂快手一名，醫生一名，弓兵一名，鋪兵一名，左堂皂隸一名，陰陽生一名，俱每名編銀一十二兩。

糧衙門子一名，皂隸一名，快手一名，陰陽生一名，馬衙門子一名，經歷司快手二名，知事衙快手一名，檢校衙快手二名，俱每名編銀九兩六錢。

本府庫庫子一名，編銀一十二兩。

府學齋夫一名，編銀一十二兩。

國子監膳夫一名，編銀一十兩。俱遇閏加增。

天財庫庫夫一十名，每名原編銀七兩五錢，今量增，每名編銀八兩五錢。

户部分司鈔關書辦工食，原編銀九兩，今量減，編銀四兩五錢。

本縣馬快二十六名，每名原編銀二十兩，内改步快一十四名，實存一十二名，步快編銀一十兩。

都察院快手四名，每名編銀二十四兩，今量減二名，實存二名。

本縣庫子二名，每名原編銀七兩二錢，今量減一名，實存一名，編銀一十二兩。

本縣庫書一名，原編銀一十四兩四錢，今量減，編銀七兩二錢。

本縣原編更夫五名，今題革。

本縣儒學原編斗級二名，今題革。
馬神廟例有輪祭銀五十兩，今題革。

武清縣

編頭一百八項，該銀七千九百一十九兩三錢六分二厘。
本府正堂皂隸一名，左堂皂隸一名，俱每名編銀一十二兩。
糧衙皂隸一名，快手一名，刑衙皂隸二名，俱每名編銀九兩六錢。
國子監膳夫一名，編銀一十兩，遇閏加增。
新增管河通判民壯二名，每名編銀七兩二錢。
本縣孤老冬衣布花，原銀二兩，今量增，共銀五兩九錢一分。
明智坊庫夫三名，安仁坊庫夫三名，俱每名原編銀一十兩八錢，今量增，每名編銀一十五兩。
天財庫庫夫一十名，每名原編銀七兩五錢，今量增，每名編銀八兩五錢。
撫院快手五名，每名原編銀二十四兩，今量減一名，實存四名。

本縣民壯三十名，每名原編銀八兩，今量減，每名編銀七兩二錢。

弘仁橋巡檢司弓兵二名，每名原編銀九兩，今量減，每名編銀七兩二錢。

寶坻縣

編頭七十九項，該銀九千一十一兩一錢五分七厘六毫八絲。

本府正堂皂隸二名，快手一名，站堂官一名，門官一名，弓兵一名，陰陽生一名，更夫一名，左堂快手二名，陰陽生一名，俱每名編銀一十二兩。

治衙快手一名，糧衙皂隸一名，快手一名，陰陽生一名，刑衙快手一名，照磨所皂隸一名，快手一名，俱每名編銀九兩六錢。

本府庫庫子一名，禁子二名，俱每名編銀一十二兩。

府學齋夫一名，編銀一十二兩。

膳夫一名，國子監膳夫一名，俱編銀一十兩，遇閏俱加增。

密雲道書辦并抄案工食，原編銀四十九兩二錢，今量增，編銀五十一兩二錢。

明智坊庫夫三名，西城坊庫夫一名，北新廠廠夫二名，俱每名原編銀一十兩八錢，今量增，每名編銀一十五兩。

浣衣局土工七名，每名原編銀一兩二錢，今量增，每名編銀二兩四錢。

天財庫庫夫八名，每名原編銀七兩五錢，今量增，每名編銀九兩。

都察院快手四名，每名原編銀二十四兩，今量減一名，實存三名。

户部草廠分司皂隸六名，每名原編銀一十兩八錢，今量減，每名編銀九兩。

工部料磚廠廠夫五名，每名原編銀九兩，今量減，每名編銀七兩二錢。

密雲道皂隸六名，每名原編銀一十四兩四錢，今量減，每名編銀一十二兩。

密雲道快手二十二名，每名原編銀二十五兩，今量減，每名編銀二十二兩。

密雲管餉廳皂隸一名，原編銀九兩六錢，今量減，編銀七兩二錢。

密雲管餉廳快手一名，原編銀二十二兩，今

量減，編銀二十兩。
河西務通濟廠廠夫一十五名，每名原編銀九兩六錢，今量減，每名編銀七兩二錢。
南石渠馬房脚夫四名，每名原編銀一十五兩，今量減，每名編銀一十二兩。
永通橋橋夫二名，每名原編銀一十兩，今量減，每名編銀七兩二錢。
蘆臺巡檢司弓兵二十名，每名原編銀一十兩，今量減，每名編銀七兩二錢。
河西務巡檢司弓兵五名，每名原編銀九兩，今量減，每名編銀七兩二錢。

楊村通府皂隸一名，原編銀九兩，今量減，編銀七兩二錢。
本縣庫書一名，原編銀一十四兩四錢，今量減，編銀七兩二錢。
本縣察院門子一名，原編銀七兩二錢，今量減，編銀三兩六錢。
工部河西務看堂門子一名，原編銀九兩，今量減，編銀四兩。
廣盈庫庫夫二名，每名原編銀一十兩八錢，

今量減，每名編銀七兩二錢。

本縣儒學門子九名，禁子五名，每名原編銀九兩，今量減，俱每名編銀七兩二錢。

本縣更夫五名，每名原編銀五兩，今量減，每名編銀二兩六錢。

本縣陰陽生二名，每名原編銀七兩二錢，今量減，每名編銀五兩四錢。

本縣吹鼓手八名，每名原編銀六兩，今量減，每名編銀三兩六錢。

邠哀王墳户一名，本府儒學齋夫一名，門子一名，今俱題革。

漷縣

編頭五十三項，該銀二千三百八兩九錢六分四厘一毫。

新增舊州守備弓兵五名，每名編銀八兩。

本縣鄉飲酒禮銀六兩，今量增，共銀八兩。

西城坊草秤一名，原編一十兩八錢，今量增，編銀一十五兩。

天財庫庫夫四名，每名原編銀七兩五錢，今量增，編銀八兩五錢。

本縣原編庫子二名，每名該工食銀一十四兩四錢，今題革，止存工食銀一十二兩。

昌平州

編頭一百七項，該銀四千五十兩二錢九分五厘五毫。

國子監膳夫一名，編銀一十兩，遇閏加增。

新增各衙門燈籠燒子夫，并貼六房書辦工食銀二百四十兩。

天財庫庫夫一十六名，每名原編銀七兩五錢，今量增，編銀八兩五錢。

本州走遞馬一十三匹，并馬夫工食草料銀共一百五十兩，今量增，編銀二百八十六兩。

浣衣局土工七名，每名原編銀一兩二錢，今量增，編銀二兩四錢。

本道門子四名，每名原編銀九兩，今量減一名，實存三名。

本道皂隸二十名，每名原編銀九兩，今量減四名，實存一十六名。

本州知州門子四名，每名原編銀九兩，今量減，實存二名。

本州知州禁子一十六名，每名原編銀七兩二錢，今量減七名，實存九名。

本州鋪司兵四十二名，每名原編銀六兩，今量減八名，實存三十四名。

本州陰陽生六名，每名原編銀五兩四錢，今量減二名，實存四名。

各馬房脚夫一十一名，每名原編銀一十二兩，今量減，編銀一十兩。

管支房扛夫一十六名，每名編銀六兩，今量減二名，實存一十四名。

厨子八名，每名原編銀九兩六錢，〔注一〕今量減一名，實存五名。〔注二〕

管支夫一名，管支寫字二名，辦送夫二名，本道快手四名，陰陽生二名，鋪兵二名，吹鼓手八名，遞解夫四名，巡攔一名，接遞皂隸四十一名，榆河驛頭四十名，今俱題革。另募槽頭二十名，仍將草料銀給領答應。

密雲縣

編頭八十六項，該銀四千九百四十四兩三錢四分五厘八毫四絲。

〔注一〕重文，據上下文義刪。

〔注二〕「實存五名」，按上文載，「厨子八名」，「今量減一名」，前後文不符，有誤。

本府正堂鋪兵一名，編銀一十二兩。

照磨所皂隸一名，檢校衙快手一名，俱每名編銀九兩六錢。

新增荆栗園鋪司兵三名，每名編銀七兩二錢。

天財庫庫夫一十一名，每名原編銀七兩五錢，今量增，編銀八兩五錢。

浣衣局土工一十名，每名原編銀一兩二錢，今量增，編銀二兩四錢。

密雲驛鋪陳庫子六名，每名原編銀九兩，今量增，編銀一十二兩。

密雲驛館夫六名，每名原編銀一十二兩，今量增，編銀一十五兩。

軍門庫子三名，每名原編銀一十二兩，今量增，編銀一十五兩。

本縣馬快一十名，每名原編銀二十二兩，內改步快二名，每名編銀一十二兩。

本縣鋪司兵二十名，每名編銀三兩六錢，今量減二名，實存一十八名。

本縣吹鼓手八名，每名編銀九兩，今量減四

名，實存四名。

本縣民壯四十名，每名原編銀九兩，今量減，編銀七兩二錢。

本縣庫子六名，儒學斗級一名，今俱題革。

續增本縣庫夫二名，每名編銀七兩二錢。

帝王廟廟户一名，工部分司斗級一名，每名俱編銀二兩。

順義縣

編頭八十八項，該銀六千四百六十九兩四錢七分一厘七毫。

正堂快手一名，陰陽生一名，俱每名編銀一十二兩。

治衙陰陽生一名，糧衙皂隸一名，刑衙皂隸一名，快手一名，俱每名編銀九兩六錢。

知事衙皂隸二名，俱每名編銀九兩六錢。

國子監膳夫一名，編銀一十兩，遇閏加增。

新增牛欄山修渡船銀六兩，水手一十二名，每名編銀五錢。

工部挑河夫一百五名，每名徵銀五錢解彼，今編入條鞭。

東西大察院三處門子三名，燈夫一十二名，轎夫一十二名，俱每名編銀三兩六錢。

陵户五十八名，每名編銀三兩。

墳户一十六名，壇户九名，廟户一十九名，俱每名編銀四兩。

本縣雜用夫八名，每名編銀七兩二錢。看堂庫夫二名，每名編銀七兩二錢。

本縣新建倉斗級四名，預備倉二名，社倉二名，客兵倉一名，俱每名原編銀三兩，今量增，編銀七兩二錢。

太醫院庫子二名，通濟閘閘夫二名，俱每名原編銀九兩，今量增，編銀十兩。

各馬房脚夫三十七名，每名原編銀七兩二錢，今量增，編銀九兩六錢。

天財庫庫夫一十四名，每名原編銀七兩五錢，今量增，每名編銀八兩五錢。

浣衣局土工七十名，每名原編銀一兩二錢，〔注一〕今量增，每名編銀二兩四錢。

本縣雇車裝送銀銷，原編銀八十八兩，今量增銀二百兩。

〔注一〕原本「一」後衍「十」，據下文「今量增，每名編銀二兩四錢。」再參「房山縣」下「浣衣局土工二十二名，每名原編銀一兩二錢，今量增，每名編銀二兩四錢。」據刪。

本縣青衣夫六名，每名編銀九兩六錢，今量減二名，實存四名。

本縣鋪司兵二十六名，每名編銀九兩六錢，今量減二名，實存二十四名。

本縣更夫五名，每名編銀六兩，今量減二名，實存三名。

本縣預備倉老人一名，遞解夫四名，順義驛館夫九名，順義驛馬頭一十七名，驛頭一十七名，驢頭四名，今俱題革。

懷柔縣

編頭五十六項，該銀三千二百四十四兩二錢八分七釐七毫三絲三忽。

刑衙門子一名，檢校衙皂隸一名，俱每名編銀九兩六錢。

天財庫庫夫一十三名，每名原編銀七兩五錢，今量增，每名編銀八兩五錢。

本縣接遞皂隸二十八名，每名編銀六兩，今量減一十四名，實存一十四名。

撫按標下馬快一名，昌平道馬快四名，本縣遞解夫四名，今俱題革。

〔注一〕「實存八名」，據上文「吏目皂隸八名」，「今量減二名」，前後文不符，有誤。

涿州

編頭一百七項，該銀一萬一千二百四十九兩二錢八分七厘九毫二絲三忽。

正堂皂隸一名，快手一名，站堂官一名，醫生一名，鋪兵一名，左堂快手一名，陰陽生二名，俱每名編銀一十二兩。

治衙皂隸一名，快手一名，俱每名編銀九兩六錢。

軍匠衙門子一名，經歷司皂隸一名，本府庫子一名，編銀一十二兩。

府學齋夫二名，每名編銀一十二兩。

國子監膳夫二名，每名編銀一十兩，遇閏各加增。

新增靈丘公主墳户二名，每名原編銀一十二兩。

本州同知判官皂隸共二十名，每名原編銀七兩二錢，今量減四名，實存一十六名。

吏目皂隸八名，每名原編銀七兩二錢，今量減二名，實存八名。〔注一〕

本州步快三十名，每名原編銀十兩，今量減，每名編銀七兩二錢。

本州民壯四十名，每名編銀七兩二錢，今量減五名，實存三十五名。

本州儒學斗級一名，今俱題革。

房山縣

編頭九十五項，該銀四千二百六十五兩五錢六分四釐。

正堂門官一名，弓兵二名，俱每名編銀一十二兩。

治衙門子一名，皂隸一名，陰陽生一名，俱每名編銀九兩六錢。

司獄司禁子一名，編銀一十二兩。

廣盈庫庫夫一名，原編銀五兩四錢，今量增，編銀六兩六錢。

天財庫庫夫六名，每名原編銀七兩五錢，今量增，每名編銀八兩五錢。

贓罰庫庫夫一名，原編銀一十二兩，今量增，編銀一十八兩。

浣衣局士工二十二名，每名原編銀一兩二錢，今量增，每名編銀二兩四錢。

本縣儒學斗級一名，今俱題革。

霸州

編頭九十六項，該銀八千七百七兩五錢五分七厘五毫七絲五忽。

正堂皂隸一名，快手二名，弓兵一名，左堂皂隸一名，俱每名編銀一十二兩。

軍匠衙快手四名，每名編銀九兩六錢。

本府庫子一名，禁子二名，俱每名編銀一十二兩。

府學膳夫一名，國子監膳夫四名，俱每名編

銀一十兩，遇閏各加增。

新增日月壇壇户四名，每名編銀三兩六錢。

天財庫庫夫一十五名，每名原編銀七兩五錢，今量增，每名編銀八兩五錢。

本州步下民壯三十名，每名編銀七兩二錢，今量增五名，實存三十五名。

本州吹鼓手八名，每名原編銀三兩六錢，今量增，每名編銀七兩二錢。

鋪司兵一十二名，每名原編銀六兩，今量增，每名編銀七兩二錢。

本府軍匠衙快手四名，檢校衙門子一名，每名原編錢一十二兩，今量減，每名編銀九兩六錢。

本州更夫五名，每名原編銀五兩，今量減二名，實存三名。

本州巡鹽民壯一十五名，每名原編銀一十兩二錢，今量減，每名編銀七兩二錢。

本州預備倉老人一名，每名原編銀九兩二錢，今量減，編銀七兩二錢。

本州庫子二名，每名原編銀七兩二錢，今俱題革。

文安縣

編頭九十六項，該銀六千八十五兩三錢二分二厘二毫五絲。

正堂快手一名，更夫二名，左堂皂隸二名，俱每名編銀一十二兩。

軍匠衙皂隸一名，照磨所皂隸二名，每名俱編銀九兩六錢。

司獄司禁子一名，編銀一十二兩。

府學齋夫二名，俱每名編銀一十二兩。

膳夫二名，國子監膳夫一名，俱每名編銀十

兩，遇閏各加增。

新增永陵陵户二名，昭陵陵户四名，每名原編銀九兩六錢，今量增，每名編銀一十兩八錢。

武宗賢德二妃陵户共一名，原編銀四兩，今量增，編銀五兩。

安仁坊草場庫秤四名，每名原編銀一十兩八錢，今量增，每名編銀一十五兩。

天財庫庫夫一十九名，每名編銀七兩五錢，今量增，每名編銀八兩五錢。

本府司獄司禁子一名，原編銀九兩六錢，今量增，編銀一十二兩。

本縣民壯二十五名，每名原編銀九兩六錢，今量減，每名編銀七兩二錢。

本縣儒學門子九名，每名原編銀七兩二錢，今量減三名，實存六名。

本縣儒學倉斗級一名，庫夫二名，俱每名原編銀七兩二錢，今俱題革。

大城縣

編頭八十二項，該銀四千三百五十五兩七錢九分六厘六毫五絲。

正堂皂隸一名，快手一名，陰陽生一名，弓兵一名，俱每名編銀一十二兩。

刑衙皂隸一名，照磨所快手一名，俱每名編銀九兩六錢。

本府庫子一名，編銀一十二兩。

府學膳夫一名，國子監膳夫一名，俱每名編銀一十兩，遇閏各加增。

天財庫庫夫一十名，每名原編銀七兩五錢，今量增，每名編銀八兩五錢。

安仁坊草場庫秤一名，原編銀一十兩八錢，

今量增，編銀一十五兩。

永陵、康陵、悼陵三陵陵户各一名，每名原編銀七兩二錢，今量增，每名編銀一十兩。

夕月壇壇户四名，每名編銀二兩四錢，今量增，每名編銀三兩六錢。

帝王廟廟户一名，原編銀二兩四錢，今量增，編銀三兩。

通州流河閘閘夫三名，每名原編銀一十兩，今量增，每名編銀一十一兩。

本縣直更夫五名，每名原編銀三兩六錢，今

量减二名，實存三名。

保定縣

編頭三十六項，該銀九百四十三兩七錢。

本縣直更夫五名，每名原編銀三兩六錢，今量减二名，實存三名。

薊州

編頭一百六項，該銀七千五百四十六兩七錢三分七厘七毫七絲。

正堂皂隸二名，快手一名，陰陽生二名，左堂皂隸一名，俱每名編銀一十二兩。

馬衙皂隸二名，快手二名，陰陽生一名，軍匠衙皂隸二名，陰陽生一名，刑衙陰陽生一名，經歷司皂隸一名，知事衙皂隸一名，快手一名，俱每名編銀九兩六錢。

北新草廠庫秤四名，西城坊草廠庫秤一名，俱每名原編銀十兩八錢，今量增，每名編銀一十五兩。

天財庫夫一十一名，每名原編銀七兩五錢，今量减，每名編銀八兩五錢。

浣衣局土工一十九名，每名原編銀一兩二

錢，今量增，每名編銀二兩四錢。

供應庫油户二名，每名原編銀一兩八錢，今量增，每名編銀二兩四錢。

各馬房脚夫一十七名，每名原編銀一十兩八錢，今量增，每名編銀一十二兩。

本州民壯四十名，每名編銀七兩二錢，今量增，每名編銀八兩。

禁子六名，每名編銀七兩二錢，今量增，每名編銀八兩二錢。

預備倉斗級四名，每名原編銀三兩六錢，今量增，每名編銀五兩六錢。

漁陽驛館人一十名，每名原編銀六兩，今量增，每名編銀九兩。

本州漁陽驛鋪陳庫子二名，每名原編銀二十三兩，〔注一〕今量減，每名編銀九兩六錢。

張家灣宣課司巡攔二名，每名原編銀二兩，今量減，每名編銀一兩二錢。

玉田縣

編頭七十一項，該銀四千一百四十六兩九錢九分八厘八毫。

〔注一〕「每名原編銀二十三兩」，「二」，疑有訛誤，據下文「今量減，每名編銀九兩六錢。」「二」似「一」之訛。

正堂快手一名，醫生一名，弓兵一名，俱每名編銀一十二兩。
馬銜皂隸二名，俱每名編銀九兩六錢。
國子監膳夫一名，編銀一十兩，遇閏加增。
新增永陵陵户一名，編銀五兩六錢。
浣衣局土工一名，原編銀一兩二錢，今量增，編銀二兩四錢。
天財庫庫夫九名，每名原編銀七兩五錢，今量增，每名編銀八兩五錢。
普濟閘閘夫二名，每名原編銀五兩，今編銀六兩。

本縣各官皂隸共二十二名，每名原編銀六兩六錢八分，今量增，每名編銀七兩二錢。
本縣禁子四名，每名原編銀七兩二錢，今量增，每名編銀七兩五錢。
斗級二名，每名原編銀三兩六錢，今量增，每名編銀五兩三錢。
本縣錢帛庫庫子二名，每名原編銀七兩二錢，今量減一名，實存一名。
本縣陽樊驛鋪陳庫子三名，每名原編銀九兩

六錢，今量減一名，實存二名。

本縣壯夫四十名，每名編銀六兩六錢八分，今量減十名，實存三十名。

本縣陰陽生二名，每名原編銀五兩四錢，今俱題革。

更夫五名，儒學斗級一名，接遞皂隸二十三名，轎夫頭二名，今俱題革。

豐潤縣

編頭八十二項，該銀四千三百四十五兩二錢二分三厘五毫五絲。

正堂皂隸一名，快手一名，醫生一名，俱每名編銀一十二兩。

府學齋夫一名，編銀一十二兩。

國子監膳夫一名，編銀一十兩，遇閏俱加增。

馬衙門子一名，快手一名，陰陽生一名，刑衙陰陽生一名，檢校衙皂隸一名，俱每名編銀九兩六錢。

本府庫子一名，編銀一十二兩。

天財庫庫子一名，原編銀七兩五錢，今量增，編銀九兩。

撫院快手四名，每名編銀二兩四錢，今量減三名，實存一名。

本縣庫子二名，每名編銀七兩二錢，今量減一名，實存一名。

本縣更夫五名，每名編銀三兩六錢，今量減二名，實存三名。

遵化縣

編頭九十四項，該銀六千四百四兩七錢四分七厘五毫一絲六忽一微二纖。

正堂皂隸一名，快手一名，鋪兵一名，俱每名編銀一十二兩。

馬衙皂隸一名，編銀九兩六錢。

本府庫子一名，編銀一十二兩。

天財庫庫夫九名，每名原編銀七兩五錢，今量增，每名編銀八兩五錢。

浣衣局土工六名，每名編銀一兩二錢，今量增，每名編銀二兩四錢。

撫院馬快六名，每名原編銀二十二兩，〔注二〕今量減三名，實存三名。

平安城倉斗級六名，每名編銀六兩，今題革。

〔注一〕「每名原編銀二十二兩」，「兩」原作「名」，疑有訛誤，據上下文意，當爲「兩」字之訛，據改。

平谷縣

編頭七十一項，該銀二千七百二十七兩八錢五分三厘四毫。

馬衙快手一名，知事衙快手一名，俱每名編銀九兩六錢。

本縣各官皂隸共一十六名，每名編銀七兩二錢，今量減，每名編銀七兩。

民壯三十名，每名編銀七兩八錢，今量減，每名編銀六兩。

吹鼓手八名，每名編銀三兩六錢，今量減，每名編銀一兩八錢。

本縣馬快十二名，每名原編銀二十二兩，内改步快四名，今量減，編銀一十兩。

猪圈頭營倉斗庫六名，每名原編銀七兩二錢，今量減二名，實存四名。

本縣儒學斗庫八名，每名編銀七兩二錢，今量減一名，實存七名。

右力役，除各州縣自給外，其解府各役，以原封畀之，轉解各衙門者，給批原解。應進内府等衙門者，以原封收候，本府并不秤兑。又陵户、墳户，編銀甚善，方奉旨，而守陵内臣題奏，仍編人户，户部覆奏不可得，是在有司調劑之，俾無累可也。

馬政

先輩謂馬政賦之於民，不若買之於邊，買之於邊，不若養之於官。我祖宗參用三法，至善也。然而牧地有廣狹而民病，飼養有厚薄而馬病，民困於牧芻，馬疲於顧賃，而人馬俱病。此寄養之馬，竟孳息之不加，而冀北之群，皆款假之不若也。可慨哉！

大興縣

原額養馬地五百四十七頃五十畝，原額寄養馬三百六十五匹。除勘明荒地二百四十三頃六十九畝五分，減馬一百五匹，奉例減馬五十匹，實該編養馬二百一十户，將空閑人户地土盡編入户，每養馬一匹，編地二頃六十畝七分。

宛平縣

原額養馬地一千四百二十二頃四十三畝八分六厘六毫，原額寄養馬九百一十六匹，除勘明荒地一百九十四頃一十四畝七分四厘七毫五絲，減馬三百七十六匹，奉例減馬九十九匹，實該編養馬四百四十一户，將空閑人户地土盡編入户，每養馬一匹，編地三頃二十一畝二厘八毫，原額草場地一十四頃九畝七分七厘，每年徵銀四十九兩九錢一分四厘。

良鄉縣

原額養馬地一千四百八十六頃，原額寄養馬一千四百八十六匹，除勘明荒地二百二十頃九十三畝三分七厘，減馬二百八十六匹，奉例減馬五百匹，實該編養馬七百户，將空閑人户地土盡編入户，每養馬一匹，編地一頃八十畝七分二厘五毫二絲，原額場地一十二頃八十畝，不堪種地五頃三十畝，堪種地七頃五十畝，每年徵銀三十兩。

固安縣

原額養馬地四千三十七頃七十六畝，原額寄養馬三千四百二十二匹，除勘明荒地四百三頃三十五畝一分六厘七毫，減馬三百四十二匹，奉例減馬七百六十匹，實該編養馬二千三百二十户，將空閑人户地土盡編入户，每養馬一匹，編地一頃五十六畝六分六厘四毫一絲七忽六微八纖，原額三千等營草場地二百四十頃四十三畝一分一厘五毫，每年徵銀四百二十一兩二錢九分五厘四毫五絲，新增子粒銀四十兩五錢八厘四毫九絲，每年額徵三千營牧馬子粒銀四百二十一兩二錢九分三厘四毫五絲，解兵部。每遇旱澇，蠲免不一。

永清縣

原額養馬地一千九百九十六頃一畝四分四厘，原額寄養馬一千七百一十六匹，除勘明荒地一千二百二十四頃一十五畝四分五厘三毫，減馬一千五十二匹，奉例減馬二百一十四匹，實該編銀養馬四百五十户，將空閑人户地土盡編入户，每養馬一匹，編地四頃四十三畝四分四毫四絲，原額草場地一十八頃八十八畝二分，不堪種地一頃九十八畝二分，堪種地一十六頃九十畝，每年徵銀六十七兩六錢，原額京營子粒每年徵銀二百一兩三錢，年額徵牧馬子粒銀六十八兩四錢，解兵部，新增子粒銀三十六兩六錢七分五厘五毫，解户部；敢勇等營上、中、下地銀二百六十六兩二錢四分四厘二毫四絲一忽五纖，解兵部。寇經新認荒蕪地銀一十六兩二錢，解兵部。

東安縣

原額養馬地三千二百三十四頃八十一畝四分六厘七毫，原額寄養馬一千四百三十八匹，除勘明荒地八百六頃七十一畝七分九厘，减馬六百八匹，奉例减馬九百九十匹，實該編養馬八百四十户，將空閑人户地土盡編入户，每養馬一匹，編地三頃八十四畝二分三厘八毫。

香河縣

原額養馬地三百四十五頃，原額寄養馬六百九十匹，除勘明荒地二十頃，减馬四十匹，奉例减馬一百二十匹，實該編養馬五百三十户，將空閑人户地土盡編入户，每養馬一匹，編地六十五畝，原額神機營并新增等地三百一十頃三十三畝二分五厘五毫，每年征銀八百六十六兩二分六毫五絲，新增本營丈出多餘草場銀一百二十八兩八錢八分五厘。嘉靖三十五年，又新開本營草場地租銀六十四兩九錢七分七厘，神機營牧馬子粒銀一千一百四十五兩四錢九分二厘六毫七絲九忽五微，解兵部。

通州

原額養馬地八百七十七頃五十畝，原額寄養馬一千七百五十五匹，除勘明荒地四十七頃五十畝，減馬九十五匹，奉例減馬六百五十八匹，實該編養馬一千二户，將空閑人户地土盡編入户，每養馬一匹，編地八十二畝八分。

三河縣

原額養馬地一千七十四頃七十畝，原額寄養馬二千一百四十九匹，除勘明荒地九十六頃，減馬一百九十二匹，奉例減馬一千八十四匹，實該編養馬八百七十三户，將空閑人户地土盡編入

户，每養馬一匹，編地一頃二十三畝，原額京營草場地五頃八十七畝，每年徵銀一十五兩九錢，伍軍營牧馬子粒銀一十五兩九錢，解兵部；新增牧馬子粒銀五兩一錢四分，解户部。

武清縣

原額養馬地一千二百二十一頃五十畝，原額寄養馬一千七百四十五匹，除勘明荒地五百四頃，減馬七百二十匹，奉例減馬四百八十五匹，實該編養馬五百四十户，將空閑人户地土盡編入户，每養馬一匹，編地一頃三十二畝八分七厘。

寶坻縣

原額養馬地一千二百三十七頃二十畝，原額寄養馬二千四十九匹，除勘明荒地七十頃三十三畝六分，減馬一百一十六匹，奉例減馬八百九十匹，實該編養馬一千四十三户，將空閑人户地土盡編入户，每養馬一匹，編地一頃一十一畝八分七厘五毫七絲，原額草場地二十一頃七十畝，每年徵銀一百四兩三錢六分二毫，焦坨兒、歇馬臺二處子粒銀八十六兩八錢，解兵部；焦坨兒、歇馬臺二處子粒銀四十三兩一分七厘二毫四絲，解户部。

漷縣

原額養馬地六百七十七頃四十四畝三分七厘五毫，原額寄養馬七百八十三匹，除勘明荒地三十九頃四十八畝三分六厘五毫五絲，減馬四十六匹，奉例減馬三百七十五匹，實該編養馬三百六十一户，將閑空人户地土盡編入户，每養馬一匹，編地一頃五十六畝一分，原額草場地一十九頃，不堪種地一十四頃一十七畝，堪種地四頃八十三畝，每年徵銀一十九兩三錢二分。

昌平縣

原額養馬地九百七十六頃五十畝，原額寄養馬六百五十一匹。嘉靖二十九年因虜殘傷，題準休息二十年。隆慶四年三月内，復題準發寄養一半。

密雲縣

原額養馬地一千七百一十頃，原額寄養馬一千七百一十匹，奉例減馬六百八十匹，實該編養馬七百九十八户，將空閑人户地土盡編入户，每養馬一匹，編地一頃八十四畝。〔注一〕

〔注一〕原文密雲縣實編養馬之與地不符，應有荒地。

順義縣

原額養馬地一千九百二十三頃，原額寄養馬一千九百二十三匹，除勘明荒地一百五十頃，減馬一百五十匹，奉例減馬七百六十五匹，實該編養馬一千八户，將空閑人户地土盡編入户，每養馬一匹，編地一頃七十五畝九分，原額草場地三十頃九十九畝，不堪種地一十五頃五十畝，堪種地一十五頃四十九畝，每年徵銀六十一兩六錢八分，牧馬子粒銀六十一兩六錢八分，解兵部。

懷柔縣

原額養馬地一千三百六十九頃六十一畝五分五厘，原額寄養馬一千一百九匹，除勘明荒地二百五十六頃五十四畝四分七厘九毫，減馬二百匹，奉例減馬三百三匹，實該編養馬六百六户，將空閑人户地土盡編入户，每養馬一匹，編地一頃八十三畝五分。

涿州

原額養馬地一千八百六十五頃九十五畝八分，原額寄養馬二千六百四十三匹，除勘明荒地一百五十三頃三畝四分，減馬二百七十七匹，奉例減馬九百九十四匹，實該編養馬一千三百七十二户，將空閑人户地土盡編入户，每養馬一匹，編地一頃一十九畝四分二厘二毫七絲，原額草場地五十九頃，每年徵銀一百七十九兩一錢九分，牧馬子粒銀二十九兩四分九厘，解兵部。

房山縣

原額養馬地七百九十二頃三十五畝，原額寄養馬一千二百一十九匹，除勘明荒地八十頃四十八畝一分三厘，減馬一百二十四匹，奉例減馬四百四十匹，實該編養馬六百五十五户，將空閑人户地土盡編入户，每養馬一匹，編地一頃八畝六分八厘二毫二絲四忽五微，原額草場地一百九十一頃七十八畝六分三厘，不堪種地一百七十六頃五十二畝一分五厘，堪種地一十五頃二十六畝四分八厘，每年徵銀六十一兩五分九厘二毫，牧馬子粒銀一十九兩七錢一分六厘六毫五絲四忽八纖，解兵部。

霸州

原額養馬地二千七百七十四頃三十八畝，原額寄養馬一千八百六十二匹，除勘明荒地二百五頃五畝九厘，減馬一百三十八匹，奉例減馬六百一十七匹，實該編養馬一千一百七户，將空閑人户地土盡編入户，每養馬一匹，編地二頃五十畝六分二厘一毫四絲九忽，原額草場地三十頃一十六畝，每年徵銀一百七十三兩三錢六分六厘九毫，原額并新增神武三千等營草場地共七百九十頃五十四畝九厘一毫，每年徵銀一千二百一十一兩五錢七分八厘七毫三絲，苑家等里京營子粒銀一千五百四錢三分七厘八毫七絲八忽，解兵部；蒼兒淀牧馬子粒銀一十九兩四錢三分六厘七毫四絲五忽，解兵部；黑洋淀牧馬子粒銀八十六兩九錢五分八厘三毫，解兵部。

文安縣

原額養馬地一萬八百頃六十九畝七分，原額寄養馬二千六百九十三匹，除勘明荒地四千一百八十頃，減馬一千四十二匹，奉例減馬四百五十一匹，實該編養馬一千二百户，將空閑人户盡編入户，每養馬一匹，編地小畝九頃五厘八毫，折大畝三頃一十三畝八分六厘八毫，原額草場地三十七頃五十二畝九分，不堪種地二十一頃六十九畝九分，堪種京營地一十五頃八十三畝，每年徵銀六十九兩二錢六厘六毫，效勇等三營牧馬子粒六百三十六兩一分一厘八毫七絲二忽五微，解兵部；大寧橋牧馬子粒銀四兩五錢九分九厘，解兵部。

大城縣

原額養馬地一千七百三十五頃三十畝五分，原額寄養馬一千六百一十八匹，除勘明荒地四百七十二頃三十八畝四分，減馬四百四十一匹，奉例減馬三百四十八匹，實該編養馬八百二十九户，將空閑人户地土盡編入户，每養馬一匹，編地一頃五十二畝三分四厘。

保定縣

原額養馬地六百六十九頃七十三畝，原額寄養馬五百一十匹，除勘明荒地一百九十四頃九畝四分，減馬一百一十二匹，奉例減馬二百一十八匹，實該養馬一百八十户，將空閑人户地土盡編入户，每養馬一匹，編地六頃五十五畝五分。

薊州

原額養馬地六百七十五頃五十畝，原額寄養馬一千三百五十一匹，除勘明荒地五十頃五十畝，減馬一百一十一匹，奉例減馬四百一十匹，實該編養馬八百三十户，將空閑人户地土盡編入户，每養馬一匹，編地七十四畝七分，奮武等十二團營子粒銀六千一百三十三兩二錢四分四厘七毫四絲二忽一微，遇旱澇蠲免不一，解兵部。

玉田縣

原額養馬地三百四十二頃七十九畝二分八厘，原額寄養馬七百九十三匹，除勘明荒地三十四頃四十六畝七分五厘二毫，減馬八十匹，奉例減馬一百九十匹，實該編養馬五百二十三户，將空閑人户地土盡編入户，每養馬一匹，編地五十八畝九分五厘三毫。

豐潤縣

原額養馬地八百九十二頃，原額寄養馬一千七百九十四匹，除勘明荒地一百四頃五十畝，減馬二百九十匹，奉例減馬六百九十五匹，實該編養馬八百九十户，將空閑人户地土盡編入户，每養馬一匹，編地八十九畝，原額草場地一百二十四頃三十畝，不堪種地一百一十二頃五十畝，堪種地一十一頃八十畝，每年徵銀四十七兩二錢，牧馬子粒銀四十七兩，解兵部。

遵化縣

原額養馬地七百九十二頃八十二畝，原額寄養馬一千六百一十八匹，除勘明荒地八十三頃三十畝，減馬一百七十匹，奉例減馬五百二匹，實該編養馬九百四十六户，將空閑人户地土盡編入户，每養馬一匹，編地七十五畝，原額草場地三十八頃二畝五分，不堪種地一頃八十八畝一分，堪種地三十六頃一十四畝四分，每年徵銀一百五十二兩九錢五分九厘，牧馬子粒銀一百五十二兩九錢五分五厘，解兵部。

平谷縣

原額養馬地三百七十四頃五十畝，原額寄養馬七百四十九匹，除勘明荒地一十八頃五十畝，減馬三十七匹，奉例減馬一百七十七匹，實該編養馬五百三十户，將空閑人户地土盡編入户，每養馬一匹，編地七十畝。

經費

夫量入爲出則財舒，此非虚語也。順天爲王畿，其用不貲。既已浮於他郡，而二邑屬輦轂下，又視他邑獨最。入不錙銖，出則什百，非有神輸鬼運，其能不虚如覆鐘也。罪之歲則歲，窮罪之民則民憊。民歲俱敝，而費尚不可已也。即輔相撙節，其將能乎？

壇壝

社稷壇春秋二祭　共該銀三十九兩五錢，行銀辦。

朝日壇春分祭　該銀九錢，行銀出辦。

三皇春祭　該銀九錢，行銀出辦。

方澤夏至大祭　該銀二兩四錢九分，行銀出辦。

夕月壇秋分祭 該銀一兩五錢，行銀出辦。

工部霜降祭旗纛 該銀八錢一分四厘，行銀辦。

宗廟

太廟每月薦新各品物 正月分，銀二兩二錢。二月分，〔注一〕各該銀九錢九分九厘五毫。三月分，該銀三錢。四月分，該銀二兩六錢七分五毫。五月分，該銀二兩一錢三分。六月分，該銀三兩。七月分，該銀三兩。八月分，該銀一兩二錢五分。九月分，該銀九錢四分五毫。十月分，該銀二兩六錢一分五厘。十一月分，該銀十一兩九錢九分五厘。十二月分，該銀二兩七錢。每月幫貼使費各銀六錢。以上薦新，二縣各動支稅鋪銀四十一兩五厘，先期召商領辦，赴太常寺，轉進內府供薦。

太廟每年正祭合用品物 正月分，該銀一十四兩二分九厘五毫。二月分，該銀一十七兩五錢九分九厘。三月分，該銀五十三兩六錢四分一厘。四月分，該銀六兩六錢六分八厘。五月分，該銀九兩八錢三分。六月分，該銀一十一兩一錢四分四厘五毫。七月分，該銀四十四兩四錢二分二厘。八月分，該銀二十三兩六分八厘。九月分，該銀七十二兩七錢四分三厘五毫。十月分，該銀一十四兩七錢四分七厘五毫。十一月分，該銀五十三兩四錢八分一厘五毫。十二月分，該銀七十五兩九錢五分九厘五毫。以上正祭，每年二縣各共約銀三百九十七兩三錢三分四厘，俱動行銀，給商人同該吏辦送。遇閏月增。

太廟每年孟春時享 葦把五十四束，每束重二十五斤，除動支外縣類解鋪收葦把，照數轉進外，先年議定幫貼腳價使費每束銀一錢五分，共銀八兩一錢，行銀內支，該吏解赴神官監交納。

太廟每年孟秋時享合用葦把并歷代帝王廟春祭 共該銀三兩錢，行銀辦。

文廟祭祀，二縣分管春秋，先期輪委佐領動支行銀，致祭先師孔廟 共該銀三兩三錢，行銀辦。

太常寺取用祭：

先師孔子 葦把一束，重二十五斤，腳價使用銀一錢五分。

啓聖公 葦把一束，腳價使用銀一錢五分，俱行銀辦。

〔注一〕二月分 原本訛「二」爲「三」，上有「正月分」，下有「三月分」，此當爲「二月分」。據改。

陵園

每年合用各陵墳煮牲柴炭，各祭不等。

有正旦、清明、中元、霜降、冬至，一年五祭者，每祭墳柴七十九處。

大中祭二處：恭仁康定景皇帝、恭讓章皇后。各銀四兩二錢。

中祭一處：貞惠安和景皇后。銀三兩二錢二分。

小祭七十六處：許悼王、懷獻世子、王娘娘、常嬪楊氏、馬氏、劉氏、繼后張氏、懷嬪王氏、康嬪劉氏、常嬪傅氏、御嬪王氏、常嬪周氏、昭嬪張氏、宛嬪趙氏、常嬪劉氏、常嬪武氏、寧嬪郭氏、靜嬪田氏、安嬪孟氏、和嬪任氏、常嬪高氏、麗嬪宋氏、常嬪楊氏、常嬪王氏、莊嬪王氏、〔注一〕惠嬪韋氏、常妃李氏、常妃陳氏、英妃魏氏、榮慎安妃楊氏、昭榮恭妃李氏、莊僖榮妃王氏、敬妃莊氏、和妃趙氏、莊妃劉氏、昭惠端妃董氏、端惠懿妃于氏、永清公主、皇太子、長太公主、蔚悼王、太康公主、歸善公主、長安公主、思柔公主、裕王世子、藍田王、壽定王、景恭王、榮惠宜妃楊氏、潁陽王、戚懷王、薊哀王、均思王、裕嬪

〔注一〕「莊」原稿爲「粧」，據《明史·列傳》改，下同。

王氏、汝安王、申懿王、岐惠王、雍靖王、涇簡王、蓬萊公主、太和公主、栖霞公主、仙居公主、靜樂公主、雲夢公主、邠哀王、順嬪張氏、沅懷王、悼嬪耿氏、靈丘公主、僖妃王氏、雲和公主、端靖淑妃秦氏、端靖榮妃王氏。各銀一兩四錢。

有清明、中元、霜降、冬至，一年四祭者，每祭墳柴三十五處。〔注一〕大祭五處：世宗肅皇帝、孝潔皇后、孝恪皇后、穆宗莊皇帝、孝懿皇后。各銀六兩五錢。

小祭三十處：靜莊安穆辰妃、恭莊端惠靖妃、昭肅靖端賢妃、端靖安和惠妃、莊和安靜順妃、莊僖端肅安妃、莊靜安榮淑妃、恭安和妃、端莊昭妃、端和懿妃、惠和麗妃、昭靜恭妃、安和榮靖麗妃、榮靜賢妃、真順懿恭惠妃、端榮昭妃、端順賢妃、端僖安妃、靜僖榮妃、和惠靖妃、榮惠和妃、莊懿德妃、莊靖順妃、靖順惠妃、莊懿敬妃、昭順麗妃、榮惠恭妃、莊懿惠妃、恭靖賢妃、真靖敬妃。各銀一兩四錢。又新添妃后墳柴銀。五兩九錢三分九厘三毫八絲。

有清明、冬至一年二祭者，每祭二十六處：保聖賢順夫人馮氏、恭勤夫人、寅奉夫人、保聖榮和夫人孫氏、恭奉。端勤夫人、肅奉夫人顧氏、莊

〔注一〕每祭墳柴三十五處　原本訛「三十五」爲「二十六」。下文有「大祭五處」、「小祭三十處」，二者合爲「三十五處」。據改。

奉恭愼夫人邢氏、恭愼夫人安氏、敬愼夫人閻氏、勤愼夫人曾氏、禮愼夫人馬氏、忠順夫人陳氏、良愼夫人容氏、誠侍夫人王氏、肅侍夫人侯氏、愼侍夫人韋氏、崇敬夫人、榮聖夫人周氏、崇奉夫人孟氏、勤奉夫人、佑聖恭懿夫人張氏、佐聖妝靖夫人史氏、輔聖妝懿夫人藺氏、衛聖夫人尹氏、俞八八即奉聖夫人，戴聖夫人金氏，各銀一兩四錢。以上每年通共煮牲墳柴銀九百八十四兩六錢五分七厘五毫三絲。兩縣行銀辦。

天壽山園户五名。各處墳户：皇太子八名，悼恭太子一十五名，哀冲太子二名，莊敬太子一名，裕王世子一名，太康公主二名，歸善公主一名，仙居公主、裕王長女各一名，蔚悼王五名，康定景王三名，申懿王五名，忻穆王六名，岐惠王三名，景恭王五名，月精秀懷王一名，汝安王三名，邠哀王一名，英廟恭靖賢妃四名，英廟端莊賢妃四名，榮思賢妃一名，仁廟三妃六名，榮淑康妃二名，裕妃李氏五名，榮昭德妃五名，悼陵皇貴妃二名，榮惠宜妃五名，世廟貴妃文氏一名，安妃楊氏五名，順嬪張氏三名，十三娘娘七名，英廟魏娘娘五名，保聖夫人九名，輔聖夫人六名，奉聖夫人二名，回回聖人一名，孫氏夫人一名，惠昌侯一名，惠安伯十名。以上各墳户，每名徭編銀四兩。

行幸

聖駕躬耕籍田於地壇，本府備牛犁、穀種、耕具，良民二百餘人，優人扮風雲雷雨神，小伶爲村莊播鼗鼓，唱太平歌，列籍田待駕。左執鞭，右執犁，稍前導□□□□□扶犁執箕器，輔駕左右爲幫耜臣，凡往迴者三。駕升望耕臺，公卿以次親耕，小伶衣田家服，奉五穀以進。駕回，受賀

畢，宴三品以上官，賜耆民布帛、豚肉，官民各執農具隨駕以從，至午門乃止。以上共用銀八十九兩四錢九分，大、宛各一半，銀出鋪稅。

聖駕謁陵，合用錢糧，各年不等，俱出二縣存留支辦。

進春皇帝御前春一座，仁聖皇太后春一座，慈聖皇太后春一座，中宮殿下春一座，皇第一子、皇第三子、皇第五子春各一座。以上進春各座通共銀一百八兩八錢六分八厘。如遇有誕喜，臨期添進。

隆慶六年閏二月，東宮出閣講讀，冠禮成。刊刻儀注。二縣稅鋪銀辦。每月朔望日，文武百官於文華殿外行禮，刊刻儀注。工食三兩，二縣鋪稅銀辦。

隆慶六年五月，皇上即位。公侯駙馬伯，文武官員，軍民耆老人等，勸進登極，詔告天下，刊布通行，合用進呈本紙等，工食十兩，二縣鋪稅銀辦。三勸進箋文，合用紅杭細絹包袱等項及文武百官上表慶賀，合用大紅燭等用。二縣行銀辦。

隆慶六年七月内，恭上仁聖皇太后、慈聖皇太后徽號。刊布儀注等用，兩縣鋪稅均辦。詔告天下，刊布合用，二縣鋪稅銀辦。命婦并文武百官進表慶賀表文等，用一縣鋪稅銀辦。

隆慶六年，上穆宗敬皇帝尊謚冠服，共銀一百八兩八錢五分二厘八毫，二縣鋪稅銀辦。禮部祠祭司取用紙札等項，二縣各用銀一十六兩九分五厘，鋪稅銀辦。頒各詔書謄黄紙張物料等項，二縣各用銀二十八兩一錢四分五厘，鋪稅辦。禮部祠祭司合用本紙等項，共銀四十二兩二錢，二縣鋪稅辦。主客司合用黄本紙等項，共銀一兩三錢四分，二縣鋪稅辦。朝鮮國差陪臣十八員名到京，差官引領前詣昭陵行禮，沿途公館合用家火等件，共銀五兩九分，二縣行銀辦。山陵金山等處造辦酒禮供膳内使人等湯飯，除工部搭蓋席殿外，大官署合用木卓三百張等用，二縣各用銀五十九兩四錢九分，鋪稅銀辦。 珍羞署合用家火等項，二縣各用銀十兩三錢三分五厘，鋪稅銀辦。 良醖署合用錫蕩等物，二縣買辦各銀二十五兩八錢四分五厘，鋪稅銀辦。 掌醢署合用鐵鍋等物，二縣各銀三十五兩五錢一分一厘，鋪稅銀辦。 清河迤西新店，工部搭蓋席殿處所，大官署用卓、桶、鐵鍋等項銀四兩二錢三分二厘七毫，二縣鋪稅銀支。 珍羞署用鐵鐺等項銀一兩八錢六分一厘六毫，二縣鋪稅辦。 良醖署用酒壺、鐵鍋等項銀二兩一錢八厘八毫，二縣鋪稅銀辦。 掌醢署用鐵鍋等銀九分三厘，二縣鋪稅銀辦。 木卓、板凳、鐵鍋等項，搬運至清河，往回用車四十輛，該脚價銀八兩。 清河起至回龍觀，沿途燈籠、油燭等項，共銀一十六兩五分，二縣鋪稅銀辦。 萬曆五年正月，仁聖皇太后、慈聖皇太后誥諭恭行大婚禮。本年正月内，禮部取大榜紙札，俱二縣行銀辦。金寶、珠玉、香料等項，二縣候文，召商照數辦進，完日出印領，赴太倉支給。

萬曆十四年，先是壽陽、永寧、瑞安婚禮相同。

延慶公主婚禮，選擇駙馬，送禮部居住。每日飯食銀二錢，三十五兩八錢。及公主成婚，合用儀注紙札，以上用銀八十七兩九錢一分，俱行銀支辦。

萬曆十八年六月，内廣盈庫缺乏欽賞顔色絹匹，題下部議變染藍絹一萬匹、緑絹一萬匹，覆奉聖旨：是。宛、大二縣審選染商，赴承運庫照數領出，合用包裹鋪墊，每匹八分四厘。本府於所屬州縣派取支剩糧銀，給發二縣，共幫銀一百九十八兩二錢五分。染價每藍絹一匹，定一錢，緑絹一匹，定一錢三分，俱二縣出領狀，付商人自赴太倉關領。

萬曆十九年正月十八日，詔宫中六尚局兼皇長子册立，及長公主缺人役使，着禮部選民間女子三百人進内，下之兩縣五城，拔其尤，得九百餘口，欽差内夫人女官復選孟真女等三十五人。兩縣先期於諸王館中編棚飾彩，迎選女以進。以上俱二縣行銀辦。

內閣年例筆墨額解折銀一十三兩兩錢。纂修館、起居館筆墨銀四季各不等，庶吉士考選不常，俱候文到照數支解。

萬曆十九年，纂修館筆墨價春十四兩四分六厘。夏，連閏解二十一兩二錢七分五厘六毫五絲。秋，解十五兩一分四厘。冬，解十四兩六錢一分。

解起居館筆墨價，春，三兩七分一厘。夏，連閏四兩六分三厘。秋，二兩二錢九分六厘五毫。冬，三兩五分一厘六毫五絲。

考庶吉士筆墨價，四季各銀二兩八錢五分，遇閏加銀九錢五分。二縣各於行銀解。

尚寶司：筆墨折價銀一十二兩，行銀辦。

熬煎寶色物料共銀三兩六錢六分，行銀商人解。

中書科：本炭七百五十斤，折價七兩五錢，稅銀支解。

各庫户擡運夫，供用庫油户，內官監水户、瓜户、藕户，都知監打掃夫，兵仗局庫子，司苑局藕户、菜户，俱編給由貼自討。內官監冰窨稻草銀一百二十八兩二錢四分五厘，存留銀三年一解。

織染局：每年進漿三千擔，價銀三十六兩，行銀商解。酒醋局磨户、酒户，鋪户内簽送。杏仁各項等物，俱鋪税銀辦。

惜薪司：糯米七石五斗五升，除户部領價一兩五分外，每石貼脚價銀一兩六錢。該貼價一十二兩八分，行銀商解。

寶鈔司：石碓嘴三個，每個長三尺，見方一尺二寸，共價六兩七錢五分。荆筐三個，每個長七尺，闊五寸，深三尺五寸，共價三兩。奉文新添脚價一兩。行銀吏解二縣輪辦。

浣衣局、安樂堂、静樂堂各土工，御馬監裏外牛房各醫獸，俱編給由貼自討。

供用庫芝麻、京庫人丁絲折絹、農桑絲折絹、綿花絨、地畝綿花絨，俱見條鞭下。

詹事府四季用筆二百六十枝，翰林院教習庶吉士每年折筆墨，裝訂匠二名，每名折工食銀七分。以上行銀大户解。

吏部三年用文職貼黄紙一千五百張，文選司每考選科道，取紅漆卓椅等，考功司三年朝覲搭棚匠，户部每年取用印色紫粉，浙江司每年取作栗果、燈籠、人夫工食。以上俱行銀支解。十年一次賦役黄册，行銀鋪户解。

通州子粒，莊頭解。

本縣新官到任，各有修理家火不等，知縣四十兩，縣丞、主簿各十六兩，典史十二兩。以上俱行銀。

鄉試歷科費用不等，照萬曆十九年鄉試用過數目開造，然大約不甚相遠云。鄉場修理，共銀五百八十五兩四錢一分七厘六毫，二縣均派辦。鄉場上下馬二宴品物，并賃辦廂長家火，共該銀五百九十九兩五錢四分二厘六毫，二縣均辦。鄉場飯饌品物，合用共銀一千五百六十六兩六錢四分四厘三毫四絲七忽，二縣均辦。鄉場正辦家火銀二百九十三兩九錢五分三厘一毫，二縣辦納。鄉場補辦家火共該銀一百三十八兩四錢四分八厘四毫，二縣辦納。

内供給賃辦家火共銀八十一兩六錢二分，二縣均辦。

會試内供給賃家火合用，共銀八十二兩四錢三分。

會試場内供給匠作，共銀三十五兩八錢。

會試内供給木柴、炭、燭、葦共銀二百七十九兩九錢四分九厘一毫。

會試場外供給擡送行李燭卷人夫等項，共銀一百一十六兩四錢六分。以上八項，通共銀一千一百二兩七錢八分三毫，二縣鋪税銀均辦。

會試場主考、監試等官用過轎傘、執事、夫皂、馬匹，共銀二十兩五錢九分八厘。

會試場雜辦錢糧，搜檢察院，共銀八兩五分。禮部提調取刑具、梨板、椴板、鮮魚、黄臘，共

銀五兩八錢。

入場書皂工食銀五兩五分，協濟銀三百三十二兩二錢七分，共銀三百五十五兩四分。以上五項，共該銀四百六兩八錢五毫，本縣鋪税銀辦。

殿試鄉會試、武舉會場，上下馬二宴卓椅等項，并賃厢長家火，共銀一百四兩八錢九厘，二縣均辦。　武場供給補辦銀九十二兩二錢八厘七毫五絲，二縣均辦。　武場内供給共銀五十九兩二錢，二縣均辦。　武場外供給人夫等項，共銀一十

五兩五錢八分，二縣均辦。武場會試内供給正辦家火銀五百一十四兩，係領兵部銀，二縣委官備辦送用。

鄉飲酒禮，每年正月、十月二次，大、宛二縣輪管，共計用銀七十七兩一錢五分。

遇吏部、詹事府、翰林院、太常寺新官上任，并各廟祭祀、祈禱雨雪、冬夏二至點齋、送鄉宦、内相牌匾等項，彩額彩亭，合用多寡不等，每季約用四十餘架，每架賃銀五分。本縣佐貳，春秋二次上陵夫約用銀五兩。

各衙門新正：學院、按院、監院公所各衙門門神、桃符，陰陽學中小門門神、桃符，本縣大門、二門、東西門神、桃符。以上俱行銀支給。

奶口禮儀房選養奶口，候内庭宣召。先期，兩縣及各衙門博求軍民家有夫婦十五以上，形容端正，候司禮監請旨會選。每季四十名，養之内，曰坐季。別選八十名，籍於官，曰點卯。坐季者有他故，即補之。季終輒更。每年什物煤炭雜器，兩縣召商辦送，約費行銀四百餘兩。

右經費，在京二縣分析其目，在外州縣總提

匱。至萬曆四年，議將兩縣里甲裁革一千八百兩，十年又題將鋪行下三則免徵，約去五千一百八十兩，其稅契買價不及四十兩，并典契一概免稅，雖四十兩以上者，每兩亦止稅銀一分五厘，約計兩縣每年所入不過鋪行銀五千一百三十七兩三錢。其稅契如十六年審編立法極嚴之時，宛平止五百六十二兩一分一厘，大興止七百八十二兩七錢二分，以舊例六七千兩之稅銀，而一旦減損至此，是十而去其七八也。數年以來，庫藏一空，甚至借支拖欠，束手無措。在宛平縣，借支過鹽院備賑銀一千八十八兩零，又借別項官銀三千九百四十四兩八錢九分零，原借支過屯院備荒銀六百五十餘兩，目今借支見奉提完此兩縣告匱之請，所以年年申瀆未已也。乞將鋪行銀兩，俱照祖制九則全徵，其稅契除城外地畝，已近奉旨欽遵外，其城内房屋，亦照《大明律》内，不論典買，田宅多寡，每兩俱稅銀三分，候有餘之日，仍照前題減免議處。至於所出之數，如會試、殿試、會武試，天下之公事也，鄉場内八府之公事也。又如宫府不時之需，聖駕謁陵等費，或變染鋪墊，或給買地價，或如近日佛經泥金，又如兵部取用車輛，合無懇將公事屬天下者，派之各省；屬畿內者，派之八府；屬京府者，取之太倉，則費出有經，官民無累，而庶事畢集矣。爲此備由到職。該職看得理財之方，不越二端，惟其入之常裕，斯其出之常贏，則量入爲出者，古今生財之要術也。今大、宛二縣爲都邑之首，當天下之衝。觀古者徙郡國豪杰實茂陵，國初徙富民實京師，皆所以培植根本，使之富强，未聞剗之削之，必使之告匱不支如今日者也。臣以爲欲裕其所入，其說有二，欲節其所出，其說亦有二。其說何居？要不過即二縣之縣請者，而申明之。非申明二縣之說也，乃申明祖宗之制也。

職按《大明律》内所載，典買田宅不税契者，笞五十，仍追半價入官，鋪行亦令九則全徵，是此二事者，乃國家二百年通行之舊規。至皇上之初年，當事者始更而張之爾。故職於裕所入之說，其一曰復税契。夫屋契四十兩不税矣，析一契而二之、三之，則八十兩不税，百有二十兩亦不税也。典契不税矣，買而托之於典，則百金不税，千金亦不税也，徒使税之匿無已時也。故不如因而盡復之，而直徵爲之區别四十兩而下者，向以每兩税三分，今則去其三之二，令以一分税焉；或以八厘税焉，典契則去其四之三，以七厘税焉；　或以五厘税焉，都城之内，但使家家無不税之契，得寸而寸，得尺而尺，其利固已不貲矣。以概税存高皇之律，以簿税廣皇上之仁。　且使人人奉法，人人沾惠，而無所用其詐，是兩利之道也。

其二曰復下則。　夫鋪行故共九則，以上中下而三分之則，而曰：　下亦貧者也，貧而甚者也，何爲

而欲復之？　不知免其下則者，乃開一竇以示之匿，爲中則者曰：　吾可以下也。　爲上則者，亦曰：　吾可以下也。　夤緣百出，無所不至。　故不如亦因而盡復之，而稍爲之差等。　向者下下則每年出銀一錢，今或減而爲七分、六分，下中則每年出銀二錢，今或減而爲一錢五分、一錢三分，下上則每年出銀三錢，今或減而爲二錢五分，或二錢。吾既無所不徵，彼亦無所用匿，縱有所匿，亦匿於則之輕，而非匿於則之無也，是又一道也。　職於節所出之説，其一曰均遠近。　夫尚供之物，獨取

諸二縣者，利其近也。如鄉試則畿内之事遠矣。會試、殿試、會武試，則海内之事尤遠矣。職按舊籍，會試上下馬宴，補辦家火之類，約費府縣銀一千九百一十七兩有奇，殿試及狀元歸第宴費，二縣銀六百四十五兩有奇，鄉試、會武試各項支應約費二縣銀一千七百八十七兩有奇，是皆協濟，均出之外，而獨累該縣者也。夫此四千三百四十餘金者，出之二縣，縣各二千一百七十餘金，何其重也？若派之各省，則省各一百九十餘金；派之八府，則府亦各一百八十餘金，〔注二〕又何輕也！派諸各省者，責於省臣之入覲；派諸八府者，責於府臣之入覲。各令順賫解部，以備各試之需，則一轉移間，所釋肩於劇邑者，不翅廣矣。職故以爲均之便也。他如兵部有車輛之費，宜歸之遞運所。謄黄、清黄，有紙札、木炭之費，宜歸之本部。内府染絹之費宜節，葦把脚價之費宜蠲，則省一分，受一分之賜，民窮財盡之秋，亦不得不并以請也。其二曰酌徵解。職考鋪行之銀，自萬曆十年以後，始解之由二縣，而徵之自五城。夫五城既可以徵，自可以解；二縣既可以解，自

〔注二〕原文府尹謝杰疏内「四千三百四十餘金，派八府，則府亦各一百八十餘金」，其數不合，當爲五百四十二兩五錢。

可以徵。如念二縣之疲極矣，而分其解於五城，令鋪墊之需，守候之苦，不以獨勞，是固息肩之上法也。如謂縣官之解相沿已久，則責其解而亦責其徵，復十年以前之舊焉可也。如謂五城之徵解，爲便當年題改，不爲無見，則以督察比較，屬之於府焉亦可也。錦衣難於比較，聽其仍舊徵解亦可也。但九則全徵則同耳，是亦所當講求者也。

夫由前二説皆裕其所入，由後二説皆節其所出。是説也，古人量入爲出之説也。職雖至愚極陋，豈不知媚人之可以希悦，節省之可以沽名哉？但節省之云者，亦萬而節之千，或千而節之百，去其太甚之謂也，豈有税契原及六七千，一省而僅存六七百，鋪行原及萬餘兩，一省而僅存五六千，或去其九，或損其半而可名之曰節省也？故其勢不得不爲之量增也，雖由此而得謗得罪，職不辭也。如果職言不謬，敕下户部酌量可否，覆請舉行，簡命科道會同編審。〔注一〕

物産

〔注一〕原本前頁「如謂縣官之」下缺，據《續修四庫全書·史部·地理類》之光緒《順天府志》卷五十一《食貨志四·田賦下·前代田賦考》補。

語有之：山以寶藏，水以導利。此豈待政教發徵期會哉！民所富給之資，衣食之原也，山澤不辟則財匱少，財匱少則民蹐。夫燕亦勃、碣之間一大都會也，桑麻之利，林澤之饒，蓋甲於天下。然而民薄於積聚，玩巧而事末，丈夫相聚游戲，悲歌慷慨，不能惡衣食以致其畜藏，歲惡不入則物力必屈，饑寒逼，非歲害之也。人有遺力，地有遺利，雖户説以鮮論，不可化矣。

穀類

黍、有黑、白二種。稷、有黑、白二種，俗稱糜子。稻、有糯，有粳。粱、穗大毛長，粟類。粟、種類甚多。麥、有三種，大、小、蕎。蔗、似菊秫而味甘。豆、有青、黃、白、黑、紅、赤、緑、黎、菀、菜、扁、龍、爪、刀、羊角、蚕等豆。麻、有三種，曰芝、小、檾。菊秫、有三種，曰白、紅、粘。稗、注下種之，潦可備荒。薏苡。可釀酒。

蔬類

葱、蒜、韮、芹、芥、莧、匏、葫蘆、蓼、藤蒿、蒿苣、莙蓬、白花、荇菜、蔓菁、芫荽、山藥、茴香、甘露、苦蕒、黃花、茄、有紫、白二色，水、旱二種。波菜、即赤根菜。蘇、子可作油。白菜、有數種。蘿蔔、有紅、白、青、水、胡五種。瓜。有東、西、南、北、王、菜、絲、甜、地、香等。

果類

香水梨、秋白梨、紅綃、鶴頂紅、雪梨、社梨、錦糖、毛桃、秋桃、扁桃、核桃、桑椹、接桃、櫻桃、葡萄、土杏、海東紅、金梅、水梅、吊枝干、紅棗、黑棗、玉黃李、青脆、牛心紅、雁過紅、麝香紅、串鵲紅、地栗、揪子、沙果、蘋菠、石榴、唬喇檳、鷄頭、菱。

木類

桑、（有蠶、花二種。）槐、（有青、黃、白。）椿、（有香、臭、菜三種。）松、銀母樹、梧、柳、（有二種。）楊、（有青、白二種。）柏、杜、（即梨樹。）梓、榆、（有二種。）槿、楟、櫟。

花類

牡丹、菊、蓮、葵、榴、石竹、芍藥、玉簪、鷄冠、二色。萱草、丁香、月季、鳳仙、金盞、木槿、薔薇、珍珠、金雀、水紅、慈菇、綿花、紫荆、迎春、剪紅羅、老來紅、海棠、十樣錦、翠鵝眉、望江南、六月菊、十姊妹、金銀花、刺梅。

藥類

薄荷、罌粟、牽牛、瓜蔞、瞿麥、蛇床子、地黄、蒺藜、茵陳、川芎、木賊、扁蓄、蒼耳、地丁、紫蘇、半夏、連翹、威靈仙、車前子、酸棗仁、山查子、桑白皮、地膚子、苦丁香、益母草、浪蕩子、槐角子、蒲公英、牛旁子、天麻子。（即草麻子。）

草類

水稗、馬蘭、猪牙、節節、水葱、薺薺菜、蘆葦、茜草、蒿、茅、菅、老觀勺。

禽類

鶴、鸛、鵝、鴨、鷄、雉、鵲、鴿、鷹、鳧、雁、燕、鶻、雀、鴉、鷂、鳩、鷺鷥、鷀鶿、鶄鴇、鴛鴦、、鵪鶉、天鵝、地鵏、鴟鴞、黃鸝、啄木、沙鷄、鵓鳩、鐵脚、鴗汀、禿鶖、魚鶯。

獸類

馬、騾、驢、牛、鹿、羊、狗、獐、狐、猫、鼠、兔、獾、狼、地鼠、糞鼠。

鱗類

鯉、魴、鯽、鯙、鮎、鯚、鯖、蛙、螺、石鰱、鰟頭、鰱子。

蟲類

蠶、蛇、蜂、蟹、蝶、蛾、蝎、蝎虎、蚊、蠅、螢、蟻、蟬、蟋蟀、促織、蜘蛛、螳螂、蝸、蜻蜓、蚯蚓、螟蛉、蚰蜒、蝙蝠、螻蟻、蠐螬、蝦蟆、螻蛄、蠓。

貨類

絲、蜜、黃蠟、綿花、靛、槐花、炭、蒲席、花椒、縈麻、草帽、葦簾、簑衣、葦席、葦箔、柳器、木器。

順天府志卷之三終